처음으로 만나는

이현세
그림

삼국지

④ 셋으로 나누어진 나라

녹색지팡이

제갈량
유비의 삼고초려 끝에 세상에 나온다.
남보다 앞서는 꾀와 작전으로
주유가 적벽에서 조조의 대군과
싸우게 만들고, 촉나라가
세워진 뒤 승상이 된다.

장비
성격이 불같고 술버릇이 고약하지만
의리는 한결같다. 장팔사모를 잘 쓰고
관우만큼 무예가 뛰어나다.

관우
팔십 근이나 되는 청룡도를 잘 다루고
무예가 뛰어나다. 성격 또한 사려 깊어서
조조가 무척 탐내는 장수다. 유비, 장비의
의형제로 죽을 때까지 의리를 저버리지
않는다.

유비
한나라 황제의 먼 친척으로 관우, 장비와 의형제를
맺고 황건적을 물리친다. 마음이 어질어 백성이 늘
따른다. 제갈량을 만나 힘을 키워 촉나라를 세운 뒤
황제의 자리에 오른다.

여포

양아버지 정원을 죽이고
동탁 밑에 들어간다.
무예가 뛰어나지만
눈앞의 이익에만
매달려 믿음과 의리를
자주 저버린다.

주유

손권의 유능한 장수로서
강동의 군사를 총지휘한다.
적벽대전에서 제갈량과
함께 조조를 물리쳐
큰 공을 세운다.

손권

손견의 둘째아들로
성격이 너그럽고 주유,
노숙, 육손 등 아랫사람의
말을 귀담아 잘 듣는다.
유비, 조조와 함께 천하를
셋으로 나누고 오나라의
황제가 된다.

조조

상황 판단이 빠르고, 휘하에 뛰어난 장수와 참모가 많다.
원소, 여포 같은 호걸들을 물리치며 어지러운
한나라에서 가장 먼저 세력을 키운다.

조운 | 유비의 아들을 두 번이나
구하는 촉의 충성스런 장수

황충 | 촉의 오호대장군.
활을 잘 쏘기로 유명하다.

마초 | 충신 마등의 큰아들.
촉의 오호대장군이 된다.

방통 | 적벽대전에서 연환계로
조조를 패배시킨 지략가

위연 | 촉의 장수. 제갈량이
죽은 뒤 배신을 꾀한다.

유선 | 유비의 아들. 촉을
멸망의 길로 이끄는 장본인

강유 | 제갈량의 수제자. 제갈량이
죽자 촉의 대장군이 된다.

하후돈 | 조조가 아끼는 장수.
싸움에서 한 쪽 눈을 잃는다.

장요 | 여포의 부하였으나
여포가 죽자 조조의 편이 된다.

사마의 | 위나라의 참모.
제갈량의 라이벌이다.

등애 | 위나라의 명장.
촉의 강유와 대립한다.

손견 | 손권과 손책의 아버지.
'강동의 호랑이'로 불린다.

노숙 | 손권이 스승처럼
따르는 오나라의 참모

동탁 | 어린 황제를 죽이고
조정을 장악하는 간신

원술 | 원소의 동생으로
모든 일에 욕심이 많다.

차 례

중국은 위, 촉, 오 세 나라로 나누어지고
세 나라 사이의 싸움은 더욱 치열해집니다.
그러는 동안 천하를 호령하던 영웅들이
하나 둘 사라지는데……

관우의 외로운 싸움

　중원에는 조조, 촉에는 유비, 강동에는 손권이 있습니다. 손권은 유비가 촉의 왕이 되자 몹시 분했습니다.

　그때 허도에서 조조의 심부름꾼이 왔습니다. 손권은 조조의 편지를 읽고 무릎을 치며 기뻐했습니다.

　"좋소. 나는 위나라와 손을 잡겠소. 대왕께서 형주를 공격하면 나는 남쪽에서 쳐들어간다고 전하시오."

　하지만 손권의 속마음은 달랐습니다.

　'조조와 유비가 싸우면 나중에 쳐들어가 형주를 차지해 버려야지.'

조조도 손권의 편지를 받고 크게 기뻐했습니다. 조조는 곧 번성을 지키고 있는 조인에게 형주로 쳐들어가라고 했습니다. 번성은 형주 땅 바로 북쪽에 있습니다.

유비가 성도에서 이 소식을 듣고 깜짝 놀랐습니다. 유비는 관우에게 먼저 번성을 공격하라고 했습니다.

그런데 번성으로 떠나기 전날 밤, 관우는 이상한 꿈을 꾸었습니다. 몸집이 큰 돼지 한 마리가 달려들어 관우의 왼발을 물었습니다. 관우가 재빨리 돼지의 목을 내리치자 돼지가 찢어지는 비명을 내지르는 꿈이었습니다.

관우는 양아들 관평에게 꿈 이야기를 해 주었습니다.

관평이 웃으며 말했습니다.

"돼지꿈은 좋은 꿈이니 걱정 마십시오."

그런데 관우는 이상하게도 꿈에서 돼지한테 물린 왼발이 자꾸 쑤시고 아팠습니다.

관우는 요화와 관평을 앞세우고 번성으로 떠났습니다. 요화는 관우가 하북으로 유비를 찾아갈 때 만난 용맹한 장수로 그 뒤 관우를 찾아와 부하가 되었습니다.

관우가 번성에 이르자 조인이 싸우러 나왔습니다. 관우는 처음에는 지는 척하며 도망치다가 뒤에서 공격했습니다.

그러자 조인은 번성으로 도망쳤습니다.

"하하하, 과연 내 돼지꿈이 좋은 징조였구나."

관우는 더욱 자신감이 생겨서 당장 번성으로 내달리려고 했습니다. 그런데 왕보라는 장수가 말렸습니다.

"손권이 언제 형주성을 공격할지 모릅니다."

"손권을 막을 방법은 내가 이미 생각해 두었소."

관우는 병사들을 보내 봉화대를 세우게 했습니다. 봉화는 적이 쳐들어올 때 소식을 알리려고 피우는 불입니다. 그리고 봉화대는 봉화를 피우는 곳입니다.

"장강에서 형주성까지 산봉우리를 따라서 봉화대를 세워라. 손권이 쳐들어오면 낮에는 연기를 올리고 밤에는 불을 피워라."

관우는 봉화대에 연기나 불이 오르면 곧장 달려가 손권을 막을 생각이었습니다.

관우는 안심하고 관평을 앞세워 번성으로 향했습니다. 조조가 이 소식을 듣고 우금을 보내기로 했습니다. 그런데 방덕이 우금과 함께 번성을 구하러 가겠다고 나섰습니다. 방덕은 마초의 부하였다가 한중에서 항복한 장수입니다. 조조는 기꺼이 허락했습니다.

우금은 잔뜩 못마땅해서 밤중에 조조를 찾아갔습니다.

"방덕은 마초의 부하였습니다. 그런데 마초가 지금 유비 편이니 아무래도 방덕을 믿을 수 없습니다."

그러자 조조도 의심이 들어 방덕을 보내지 않기로 했습니다. 이튿날, 방덕이 조조를 찾아와 울며 말했습니다.

"마초와 저는 이미 남입니다. 대장부가 어찌 두 마음을 품겠습니까?"

조조는 마음이 아파서 방덕을 붙들어 일으켰습니다.

"그대 마음이 이러하니 이제부터는 그대를 믿겠소."

조조는 다시 방덕을 번성에 보내기로 했습니다.

번성으로 떠나는 날, 방덕은 관 하나를 가지고 왔습니다. 다른 장수들이 놀라며 물었습니다.

"싸우러 나가는 사람이 웬 관을 지고 오셨소?"

"관우와 나 두 사람 중에 한 사람이 들어갈 관이오."

그제야 장수들은 방덕을 믿었습니다. 조조도 이 말을 듣고 흐뭇했습니다. 오직 우금만이 방덕을 의심했습니다. 관우도 방덕이 관을 만들어 가지고 왔다는 소식을 들었습니다.

"감히 나와 겨루겠다고? 그 고얀 놈을 혼내 주겠다."

관우는 요화와 관평을 데리고 싸우러 나갔습니다. 방덕도 관우를 보고 달려 나왔습니다.

"늙은 관우야, 네가 들어갈 관이 여기 있다!"

방덕은 칼을 휘두르며 관우에게 달려들었습니다.

"저런 조무래기와 싸우다니 내 청룡도가 아깝구나."

관우와 방덕의 칼이 무섭게 맞부딪쳤습니다. 병사들이 모두 넋을 잃고 두 사람의 싸움을 구경했습니다. 두 사람은 백여 차례를 넘게 싸웠지만 승부가 나지 않았습니다. 그러다 날이 저물어서 헤어졌습니다.

이튿날, 관우와 방덕은 다시 겨루었습니다. 그러나 이번에도 승부가 나지 않았습니다. 그러자 방덕은 도망치는 척하다가 활을 들어 관우를 향해 힘껏 쏘았습니다.

관우가 비명을 지르며 말 위에서 휘청거렸습니다. 화살이 왼팔 깊숙이 꽂혀 있었습니다.

"아버지!"

관평이 달려와 관우를 부축하며 진지로 도망쳤습니다. 그러자 방덕이 무서운 기세로 달려들었습니다. 이때 멀리서 우금이 이 모습을 보고 있었습니다.

'방덕에게 큰 공을 세우게 할 수야 없지.'

우금은 어서 돌아오라고 징을 쳤습니다. 방덕은 영문도 모르고 진지로 돌아올 수밖에 없었습니다.

관우의 상처는 다행히 깊지 않았습니다. 관우가 다시 싸우러 가려 하자 요화와 관평이 말렸습니다.

"장군께서는 며칠 동안 편히 쉬셔야 합니다."

방덕은 관우가 더 이상 싸우러 나오지 않자 우금에게 말했습니다.

"관우가 많이 다친 것 같으니 한꺼번에 공격하는 게 좋을 듯합니다."

"아니오. 꾀 많은 관우가 우리를 속이는 것이오."

우금은 방덕을 시기하여 말을 듣지 않았습니다.

"마침 가까운 곳에 깊은 골짜기가 있소. 관우가 싸우러 올 때까지 그곳에 머무르도록 합시다."

방덕은 몹시 분했지만 참고 따를 수밖에 없었습니다. 우금은 계곡 양쪽에 진지를 세웠습니다.

어느덧 상처가 많이 아문 관우는 적의 진지를 살피러 나갔습니다. 우금의 진지는 물살이 센 계곡을 가운데 두고 늘어서 있었습니다. 관우는 껄껄 웃었습니다.

"물고기가 드디어 내 그물 안으로 들어왔구나."

마침 가을장마로 며칠 동안 비가 많이 내렸습니다. 관우는 장수들을 불렀습니다.

"지금부터 배와 뗏목을 준비하고, 적이 있는 골짜기 위로 올라가 계곡을 막도록 하시오."

관우가 명령하자 장수들은 쏜살같이 달려 나갔습니다.

비는 쉬지 않고 쏟아졌습니다. 관우는 날마다 계곡에 나가 물이 불어나는 걸 지켜보았습니다. 며칠 사이에 막아 둔 계곡에는 물이 철철 넘쳤습니다.

"이제 계곡물을 터뜨릴 것이다. 병사들은 배와 뗏목에 오르도록 하라!"

잠시 뒤 관우의 병사들이 터뜨린 계곡물이 순식간에 우금의 진지로 흘러 들어갔습니다. 거센 물살이 잠을 자던 우금의 병사들을 덮치자 계곡에는 비명소리가 가득했습니다.

"어서 산으로 올라가라!"

우금이 외치자 병사들은 산등성이를 찾아 기어올랐습니다. 방덕도 부하들을 이끌고 산으로 올라갔습니다. 우금과 방덕은 조그만 산봉우리를 하나씩 차지했습니다.

우금에게 남은 병사는 겨우 수십 명뿐이었습니다. 우금은

할 수 없이 무기를 버리고 항복했습니다.

관우는 방덕을 잡으러 갔습니다. 방덕은 병사 오백여 명과 작은 산봉우리 위에 있었습니다. 방덕은 조금도 겁내지 않았습니다.

"두려워 마라. 항복하는 자는 내가 가만두지 않겠다!"

그러나 관우의 병사들이 활을 쏘자 방덕의 병사들은 소리 한번 지르지 못하고 쓰러졌습니다. 마침내 방덕 혼자만 남았습니다.

방덕은 관우의 배 한 척을 빼앗아 타고 손으로 노를 저으며 달아나려고 했습니다. 그러자 관우가 탄 큰 뗏목이 달려들어 방덕의 배를 들이받았습니다. 방덕은 휘청거리다가 그만 물에 빠져 사로잡히고 말았습니다.

관우가 진지로 돌아가자 우금은 무릎을 꿇으며 살려 달라고 애원했습니다.

"모두 조조가 시킨 일이니 목숨만은 살려 주십시오."

"이런 졸장부는 당장 형주성에 데려가 가두어라."

관우가 이번에는 방덕을 바라보았습니다. 방덕은 똑바로 선 채 눈을 부릅뜨며 관우를 노려보았습니다. 관우는 용맹한 방덕이 마음에 들어 부드럽게 물었습니다.

“장군의 옛 주인 마초를 따라 우리를 돕지 않겠소?”

“여러 소리 말고 어서 나를 죽여 관에 넣어라!”

방덕은 조금도 두려워하는 기색이 없었습니다. 관우는 안타까웠지만 방덕을 처형했습니다.

관우는 방덕을 잘 묻어 준 뒤 번성으로 쳐들어갔습니다. 관우가 성문 앞에 이르러 조인에게 소리쳤습니다.

“조인아, 우금과 방덕은 잡혔다. 너도 어서 항복해라!”

이 말이 떨어지자마자 조인의 병사들이 한꺼번에 활을 쏘았습니다. 놀라서 말을 돌리던 관우가 비명을 질렀습니다. 관우는 오른팔에 깊숙이 화살을 맞았습니다.

의원이 화살을 뽑아내며 말했습니다.

“독화살을 맞았으니 몸조리를 하며 쉬셔야 합니다.”

하지만 여러 날이 지나도 상처가 아물지 않았습니다. 여러 의원이 치료해 보았지만 소용이 없었습니다.

그러던 어느 날, 어떤 사람이 관평을 찾아왔습니다.

“저는 화타라고 합니다. 천하의 영웅께서 편찮으시다는 말을 듣고 왔습니다. 재주는 없지만 제가 한번 치료해 보겠습니다.”

관평은 기뻐하며 화타를 관우에게 데리고 갔습니다. 그때 관우는 상처의 아픔을 잊으려고 백미 선생 마량을 불러 바둑을 두고 있었습니다. 관우의 상처는 날이 갈수록 점점 독이 올라 퉁퉁 부어오르고 있었습니다. 화타는 상처를 이리저리 살펴보았습니다.

"이런, 독이 뼛속까지 들어갔군요. 이대로 두면 팔을 못 쓰게 될지도 모릅니다."

이 말에 관우는 걱정스런 표정을 지었습니다.

"그러면 어떻게 해야 하오?"

"상처를 칼로 째고 독을 긁어내야 합니다. 고통이 심하니 몸을 기둥에 묶고 얼굴도 가리도록 하십시오."

"그런 수술이라면 그냥 하시오."

관우는 술 몇 잔을 마시더니 웃으며 말했습니다.

"자, 나는 바둑을 둘 테니 그동안 수술하시오."

관우는 화타에게 팔을 내밀고 바둑을 두기 시작했습니다. 화타는 조심스럽게 수술 칼을 들었습니다.

화타는 관우의 팔에 칼을 대고 쓰윽 그었습니다. 시퍼런 상처가 갈라지며 하얀 뼈가 드러났습니다. 화타가 뼈에 묻은 독을 긁어내자 사람들은 얼굴을 돌렸습니다.

하지만 관우는 아픈 표정도 짓지 않고 담담하게 바둑만

두었습니다. 화타는 독을 말끔하게 긁어내고 약을 발랐습니다. 마침내 수술이 끝났습니다.

"장군 같은 분은 처음 봅니다. 과연 영웅이십니다."

화타가 피 묻은 칼을 씻으며 말했습니다. 관우는 팔을 접었다 폈다 했습니다.

"정말 고맙소. 선생이야말로 천하의 의원이로군요."

관우는 화타에게 선물로 금덩어리를 주었지만 화타는 받지 않았습니다.

"앞으로 백 일 동안은 조심하십시오."

화타는 상처에 바를 약을 남긴 채 떠났습니다.

한편, 조조는 우금이 잡히고 방덕이 죽었다는 소식을 듣고 관우에게 큰 두려움을 느꼈습니다. 그래서 서둘러 손권에게 형주성을 공격하라는 편지를 보냈습니다.

조조의 편지를 읽은 손권은 대도독 여몽을 불렀습니다. 여몽은 노숙이 병으로 죽자 새로 대도독이 되었습니다. 손권은 여몽에게 싸울 준비를 하라고 말했습니다.

여몽은 장강의 육구로 가서 형주성으로 쳐들어갈 기회를 엿보았습니다. 그런데 여몽은 관우가 두려워서 싸울 자신이 없었습니다. 여몽은 거짓으로 아프다는 핑계를 대고 육구에 머물렀습니다.

손권이 여몽이 아프다는 것을 알고 걱정하자 육손이 말했습니다. 육손은 머리가 좋고 전쟁에 능했습니다.

"대도독의 병은 겁을 먹어서 생긴 병입니다. 제가 말끔히 치료해 보겠습니다."

육손은 건업을 떠나 육구로 여몽을 찾아갔습니다.

"관우가 두려워서 병이 나셨군요."

이 말에 여몽은 깜짝 놀라며 자리에서 일어났습니다. 그리고 모든 일을 사실대로 털어놓았습니다.

"어떻게 하면 형주 군사를 물리칠 수 있겠소?"

"대도독께서는 병을 핑계로 이곳을 제게 맡기고 건업으로 돌아가십시오. 관우는 분명 저를 우습게 여길 것입니다. 나중 일은 제가 다 알아서 하겠습니다."

여몽은 기뻐하며 건업으로 돌아갔습니다. 손권은 육손에게 부도독의 벼슬을 내리고 육구를 지키게 했습니다.

관우는 여몽 대신 육손이 군사를 다스린다는 소식을 전해 들었습니다.

'육손 같은 애송이가 장강을 지킨단 말이지?'

관우는 육손이 젊고 싸움 경험도 많지 않아 우습게 여겼습니다.

"나이 어린 육손이 장강을 지킨다니 우리는 안심해도 되겠소. 형주성에 있는 군사까지 모조리 데려와서 어서 번성을 빼앗아야겠소."

이제 형주성에는 군사가 얼마 남지 않게 되었습니다. 육손이 이 소식을 듣고 뛸 듯이 기뻐했습니다.

"형주성이 비로소 우리 차지가 되겠구나."

여몽은 군사를 이끌고 몰래 형주 땅에 들어가 봉화대부터 빼앗았습니다.

그리고 형주성으로 달려갔습니다. 깊은 밤, 형주성 앞에 도착한 여몽은 봉화대에서 사로잡은 형주 병사들을 시켜 소리치게 했습니다.

"우리는 봉화대를 지키는 병사들입니다. 어서 성문을 여시오."

곧 성문이 활짝 열렸습니다. 그러자 강동의 병사들이 아우성을 치며 성안으로 달려들었습니다. 여몽은 한 번도 싸우지 않고 형주성을 차지했습니다.

얼마 뒤 손권이 형주성으로 왔습니다. 손권은 형주의 관리들에게 그대로 벼슬을 내리고, 관우를 따라 싸우러 간 병사들의 집에 곡식을 보내 위로했습니다. 그러자 형주 사람들은 모두 손권을 믿고 따르게 되었습니다.

한편, 조조가 허도에서 이 소식을 듣고 서황을 앞세워 관우와 싸우러 나섰습니다.

"너희는 손권에게 형주성을 빼앗긴 줄도 모르느냐?"

서황은 도끼를 휘두르며 비웃었습니다. 요화와 관평은 크게 지고 도망쳤습니다.

"아버님, 형주성이 손권에게 넘어갔다고 합니다."

"그건 거짓말이다. 여몽은 병이 들었고 나이 어린 육손이 강동 군사를 다스리는데 무슨 걱정이냐?"

관우는 아무것도 모르고 말했습니다. 이때 서황이 군사를 거느리고 와서 싸움을 걸었습니다. 관우가 갑옷을 입고 말에 오르자 관평이 놀라서 붙들었습니다.

"상처가 아직 다 낫지 않았으니 나가지 마십시오."

관우는 관평의 손을 뿌리쳤습니다.

"옛날 내가 조조에게 있을 때 서황과 친하게 지냈다. 내가 서황의 싸움 솜씨를 잘 아니 아무 걱정 마라."

관우는 청룡도를 들고 달려 나갔습니다.

"서장군, 이게 얼마 만이오?"

그러나 서황은 부하들에게 이렇게 소리쳤습니다.

"관우의 목을 베는 자에게는 큰 상을 주겠다!"

관우는 깜짝 놀랐습니다. 서황이 도끼를 들고 달려들자 관우도 화가 나서 청룡도를 휘두르며 맞섰습니다.

그러는 동안 번성에 있던 조인이 군사를 거느리고 와서 관우의 군사를 포위했습니다. 관우의 병사들은 수없이 죽고 항복했습니다.

관우는 겨우 도망쳐서 가까운 양양성으로 피했습니다. 그런데 한 병사가 달려와 숨을 헐떡이며 말했습니다.

"손권이 형주성을 빼앗았습니다."

"어째서 봉화를 피우지 않았느냐?"

"여몽의 군사가 봉화대를 빼앗아 버렸습니다."

"여몽은 병이 들어서 아프지 않느냐?"

"모두가 육손이 꾸민 일이라고 합니다."

관우는 화가 크게 치밀어 올랐습니다. 그 바람에 오른팔 상처가 터졌습니다. 관우는 숨이 막혀 쓰러졌습니다. 관우는 한참 만에 깨어났습니다.

"처음 번성으로 싸우러 나갈 때 꾼 돼지꿈이 나쁜 징조였구나. 이제 형님 얼굴을 어떻게 뵌단 말이냐!"

관우는 마량과 이적을 성도로 보내서 유비에게 도움을 요청했습니다. 그리고 군사를 이끌고 형주성으로 달려갔습니다.

형주성에서도 손권의 군사가 나왔습니다. 손권의 부하 장흠이 관우를 보고 달려들었습니다. 관우가 청룡도를 들고 장흠과 싸웠습니다.

"도둑놈들아, 내 청룡도가 용서하지 않겠다!"

장흠이 놀라 달아났습니다. 관우는 이십 리를 달리며 장흠을 뒤쫓았습니다. 그때 갑자기 산골짜기에 숨어 있던 강동의 군사가 나타나 관우는 또다시 크게 졌습니다.

관우는 남은 병사들과 함께 맥성으로 들어갔습니다. 하지만 강동 군사가 성을 겹겹이 포위해 버렸습니다.

"언제까지 성도 군사가 오기만을 기다린단 말이냐?"

관우가 한숨짓자 요화가 말했습니다.

"가까운 상용성에 유봉과 맹달이 있습니다. 두 사람이 도와주면 성도 군사가 올 때까지 버틸 수 있습니다."

유봉은 바로 유비의 양아들이며, 맹달은 유비를 도왔던 장수입니다. 관우는 이 말이 옳다고 여기고 요화를 상용성으로 보냈습니다.

그러나 유봉은 요화의 말을 듣고도 강동 군사가 두려워서 망설였습니다. 맹달도 반대했습니다. 유봉이 도와줄 수 없다고 말하자 요화는 깜짝 놀랐습니다.

"장군은 관우 장군께서 돌아가셔도 좋단 말입니까?"

요화는 눈물을 흘리며 다시 성도로 달려갔습니다.

한편, 관우는 상용성의 군사가 오기를 기다렸지만 며칠째 소식이 없었습니다. 양식도 떨어져서 병사들이 굶주렸습니다. 이때 제갈근이 관우를 찾아왔습니다.

"주공께서는 장군이 항복만 하면 형주를 그대로 다스리게 하겠답니다."

"나는 힘만 믿던 촌놈이었는데 우리 형님을 만나 대장군까지 되었소. 승리가 아니면 죽음이 있을 뿐이오."

관우는 제갈근을 꾸짖어 돌려보냈습니다.

'관우 같은 충신을 죽여야 하다니 하늘도 무심하시지.'

제갈근은 안타까운 마음으로 돌아갔습니다. 손권도 제갈근의 말을 듣고 몹시 안타까워했습니다.

"어쩔 수 없군. 관우가 도망칠지도 모르니 맥성 밖에 군사를 숨겨 두시오."

손권은 반장을 보내 맥성 주위의 길을 모조리 막았습니다.

맥성에 갇힌 관우는 장수들을 불러 모아 의논했습니다. 왕보라는 장수가 말했습니다.

"장군이라도 먼저 성도로 가셔서 훗날 형주를 되찾으십시오."

여러 장수들도 눈물을 흘리며 뜻을 모았습니다.

"좋소. 내가 반드시 돌아와서 그대들을 만나겠소."

관우도 눈물을 흘렸습니다.

그날 밤, 관우는 관평과 함께 병사 이백 명을 데리고 성을 나섰습니다. 그러나 얼마 가지 못해서 반장이 이끄는 강동 군사가 앞을 막았습니다.

관우와 군사들은 수없이 달려드는 적을 당해 낼 수 없었습니다. 관우는 혼자서 산길로 달아났습니다.

"관우야, 너는 포위되었다!"

숲 속에 숨어 있던 강동 병사들이 올가미를 던지고 갈고리를 휘둘렀습니다. 적토마가 그만 올가미에 걸려 쓰러졌습니다. 관우도 땅에 떨어졌습니다.

반장의 부하 마충이 달려들어 관우를 사로잡았습니다. 뒤따르던 관평도 반장에게 사로잡혔습니다. 관우와 관평은 손권에게 끌려갔습니다.

"장군, 나에게 항복하겠소?"

그러자 관우가 눈을 부릅뜨고 손권을 꾸짖었습니다.

"우리 삼형제가 한나라를 일으키기로 맹세한 지 삼십 년이 넘었다. 이제 와서 그 맹세를 저버리고 항복하란 말이냐? 내게는 오직 죽음이 있을 뿐이다."

손권의 아랫사람들이 손권에게 말했습니다.

"옛날에 조조도 온갖 정성을 다했지만 관우의 마음을 사로잡지 못했습니다."

"지금 관우를 없애지 않으면 크게 후회하실 겁니다."

결국 관우와 관평은 손권에게 죽임을 당했습니다. 그때 관우의 나이 쉰여덟이었습니다. 바람도 영웅의 죽음을 슬퍼하듯 구슬픈 소리를 냈습니다.

손권은 반장에게 관우의 청룡도를 상으로 주고, 마충에게는 적토마를 주었습니다. 그런데 적토마는 며칠 동안 물한 모금도 먹지 않더니 그만 죽어 버렸습니다. 맥성을 지키던 왕보와 주창도 함께 자살했습니다. 모두 제 주인을 따라 죽은 것입니다.

영웅들의 죽음

형주를 손에 넣은 손권은 큰 잔치를 열었습니다. 손권은 기쁨을 감추지 못했습니다.

"모두가 여몽 대도독 덕분이오."

손권은 여몽에게 술을 따라 주었습니다. 여몽도 기뻐하며 술잔을 받았습니다. 여몽이 막 술잔을 입에 대려고 할 때였습니다.

여몽이 갑자기 온몸을 부르르 떨더니 눈을 부릅뜨고 손권을 노려보았습니다. 그리고 땅이 울리도록 큰 소리를 질렀습니다.

"이놈 손권아, 네가 나를 알겠느냐!"

여몽이 내지르는 목소리는 바로 관우의 목소리였습니다. 손권과 아랫사람들은 소스라치게 놀랐습니다.

"내 형님과 아우가 네놈을 가만두지 않을 것이다!"

손권은 벌벌 떨며 땅에 엎드렸습니다. 여몽은 눈, 코, 입, 귀 일곱 구멍으로 피를 쏟으며 바닥에 쓰러졌습니다. 바닥에 쓰러진 여몽은 이미 숨이 끊어져 있었습니다.

"여몽의 몸속에 관우의 영혼이 들어왔구나."

손권은 넋을 잃고 중얼거렸습니다. 손권은 여몽의 장례를 치르고 아랫사람들과 의논했습니다.

"유비와 장비가 틀림없이 관우의 원수를 갚으러 올 텐데 어찌하면 좋겠소?"

이 말에 장소가 대꾸했습니다.

"관우의 머리를 조조에게 보내고, 모든 일을 조조가 시켜서 한 것이라고 소문을 내십시오."

"그것 참 좋은 생각이구려."

손권은 관우의 머리를 나무 상자에 넣어 조조에게 보냈습니다. 조조는 손권이 관우의 머리를 바치자 매우 신이 났습니다.

"관우가 죽었으니 내가 두 발을 뻗고 잘 수 있겠구나."

그런데 사마의가 근심스레 말했습니다.

"대왕께서는 속지 마십시오. 손권이 관우를 죽인 죄를 우리에게 뒤집어씌우려 하고 있습니다."

조조는 이 말을 듣고 웃음을 싹 거두었습니다.

"내가 손권의 속임수에 당할 뻔했군."

그런데 상자 안을 들여다보던 조조가 갑자기 비명을 질렀습니다. 죽은 관우가 눈을 부릅뜨고 있었던 것입니다. 조조는 아랫사람들에게 말했습니다.

"관우는 훌륭한 장수이니 장사를 잘 지내 줘야겠소."

한편, 성도의 유비는 관우가 죽은 줄은 모르고, 관우가 우금과 방덕을 사로잡고 큰 승리를 거둔 소식만 들었습니다.

어느 날 밤, 유비는 책을 읽다가 깜박 잠이 들었습니다. 갑자기 방문에 웬 그림자가 아른거렸습니다. 문이 열리더니 관우가 나타났습니다.

"이 밤중에 어쩐 일인가? 정말 관우가 맞는가?"

그러자 관우가 눈물을 주르륵 흘렸습니다.

"형님, 부디 제 원수를 갚아 주십시오."

관우는 이 말을 남기고 찬바람과 함께 사라졌습니다.

"이상한 꿈이구나. 공명과 의논해 보아야겠다."

유비가 제갈량을 불러 꿈 이야기를 해 주었습니다.

"관우에게 무슨 일이 있는 건 아닌지 걱정이오."

"형주로 사람을 보내 소식을 알아보십시오. 하지만 관장군은 믿음직스러우니 너무 걱정하지 마십시오."

이때 한 병사가 달려왔습니다.

"관우 장군께서 손권에게 붙잡혀 돌아가셨습니다."

"뭣이!"

유비는 말을 잇지 못하고 쓰러졌습니다. 아랫사람들이 달려와 유비를 부축했습니다.

"함께 살고 함께 죽기로 맹세했는데 관우가 먼저 죽다니……."

그때 관우의 아들 관흥이 눈물을 흘리며 들어왔습니다. 관흥은 관우의 하나뿐인 친아들입니다. 유비는 관흥을 보자 슬픔을 참지 못하고 정신을 잃었습니다.

유비는 슬픔에 빠져 며칠 동안 물 한 모금도 입에 대지 않았습니다.

"관우의 원수를 갚고 나도 관우를 뒤따라가겠소."

그러자 제갈량이 달랬습니다.

"지금 손권과 조조가 서로 이익을 얻으려고 눈치를 보고 있습니다. 부디 서두르지 마시고 기회를 엿보십시오."

여러 관리와 장수들도 한결같이 유비를 달랬습니다. 유비는 눈물을 머금고 관우의 장례를 치렀습니다. 관우가 죽었다는 소식이 전해지자 촉나라 전체가 깊은 슬픔에 잠겼습니다.

관우의 영혼은 이리저리 떠돌고 있었습니다. 형주 땅에 옥천산이라는 높은 산이 있습니다. 언제부터인가 이 산에 보정이라는 늙은 스님이 살았습니다.

어느 깊은 밤, 보정이 불경을 외고 있는데 어둠 속에서 갑자기 커다란 목소리가 울렸습니다.

"내 머리를 돌려다오! 내 머리를 돌려다오!"

보정이 고개를 들어 보니 한 사람이 서 있었습니다. 보정이 반가운 목소리로 말했습니다.

"오래전부터 장군을 기다리고 있었습니다."

어둠 속에 서 있는 장군은 바로 관우였습니다.

"스님은 누구신데 저를 아십니까?"

"저를 모르십니까? 제가 바로 보정입니다."

"옛날 사수관에서 저를 구해 주신 분 말입니까?"

관우가 하북으로 유비를 찾아갔을 때 보정은 사수관의

보국사에서 죽을 뻔한 관우를 살려 준 적이 있었습니다.

"그때 장군과 헤어지면서 언제가 우리는 다시 만날 거라고 했지요? 오늘에야 비로소 다시 만났군요."

그러자 관우는 슬픈 얼굴로 보정에게 말했습니다.

"저는 손권에게 목이 잘렸습니다."

"사람이 살고 죽는 일은 다 하늘에 달린 일입니다."

"하지만 억울해서 저승에 가지 못하겠습니다."

"그런 말씀 마십시오. 장군께 목숨을 잃은 사람도 얼마나 많습니까? 그 사람들도 분하고 억울할 것입니다."

이 말에 관우는 입을 다물었습니다.

보정이 말을 이었습니다.

"어서 하늘나라로 돌아가 쉬십시오. 제가 장군과 한나라를 위해 부처님께 빌겠습니다."

그제야 관우가 미소를 지었습니다.

"그럼 세상에 대한 미련을 버리고 떠나겠습니다."

관우는 어둠 속으로 사라졌습니다. 그때부터 보정은 옥천산에 머물면서 관우의 영혼을 위로했습니다.

소문을 들은 백성들이 옥천산으로 찾아왔습니다. 백성들은 관우를 위해 사당을 짓고 제사를 지내며 소원을 빌었습니다. 그 뒤 옥천산에서는 철마다 관우에게 제사를 지내는 풍습이 생겨났습니다.

손권은 형주를 차지하고도 마음이 편치 않았습니다. 유비가 곧 쳐들어올 것만 같았습니다. 손권은 깊은 고민 끝에 차라리 조조에게 항복하기로 했습니다.

손권의 항복 편지를 받은 조조는 좋아서 어쩔 줄을 몰랐습니다. 조조는 손권에게 형주와 강동을 다스리는 장군 벼슬을 내렸습니다. 그제야 손권은 마음이 놓였습니다.

'언제까지 조조의 부하로 있지는 않을 거야. 형주와 강동을 지키면서 기회를 엿보아 나도 왕이 돼야지.'

한편, 조조는 밤마다 잠을 이루지 못했습니다. 눈만 감으면 관우 얼굴이 나타났습니다.

"조조야, 내가 너를 가만두지 않겠다!"

관우는 눈을 부릅뜨고 조조에게 달려들었습니다. 조조는 관우에게 머리를 조아리며 빌다가 꿈에서 깨어나곤 했습니다.

조조는 머리가 쑤시고 아파서 견딜 수 없었습니다. 살이 쭉 빠지고 헛소리까지 했습니다. 이름난 의원들이 치료했지만 조금도 낫지 않았습니다.

조조는 화타를 불렀습니다. 화타는 예전에 관우의 팔을 수술한 사람입니다. 화타가 와서 조조의 맥을 짚더니 자신 있게 말했습니다.

"대왕께서는 머리 속에 큰 병이 있습니다. 먼저 잠드는 약을 드십시오. 그러면 제가 잘 드는 도끼로 머리를 쪼개서 병든 살을 떼어 내겠습니다."

그러자 조조는 얼굴이 벌개졌습니다.

"뭐, 머리를 쪼갠다고? 이놈이 나를 죽이려 하는구나!"

"관우 장군께서는 바둑을 두면서 뼛속의 독을 긁어내는 수술을 받았습니다."

조조는 관우 이름이 나오자 더욱 화를 냈습니다.

"이놈이 관우의 원수를 갚으려고 그러는구나. 이놈을 끌어내 당장 죽여라."

화타는 끌려 나가며 나직이 중얼거렸습니다.

"조조는 의심이 많은 졸장부로구나."

조조의 부하들이 화타를 마구 때렸습니다. 화타는 병이 들어 죽고 말았습니다.

화타가 죽자 조조의 병은 더 깊어졌습니다. 조조의 꿈에는 이제 맞아 죽은 화타까지 나타났습니다.

하루는 조조가 방에 누워 있는데 머리가 어지럽고 눈앞이 캄캄했습니다. 그때 방문이 스르르 열리더니 여러 사람들이 들어왔습니다.

"누구냐?"

조조가 놀라서 보니 모두가 조조에게 죽임을 당한 사람들이었습니다.

"나를 죽이고도 네놈은 잘 살고 있구나!"

사람들이 조조를 보고 꾸짖었습니다. 조조는 놀라서 칼을 빼들고 마구 휘둘렀습니다. 하지만 한 사람도 칼에 맞지 않았습니다. 그러자 조조는 더욱 날뛰었습니다.

신하들이 우르르 들어와 조조를 붙들었습니다.

"대왕, 정신 차리십시오."

"내가 말 타고 칼을 쥔 지 삼십 년이 넘었소. 아무래도 그 동안 사람을 너무 많이 죽인 것 같소."

조조는 자기가 저지른 잘못을 깊이 뉘우쳤습니다.

어느새 병은 더욱 깊어져서 조조는 자리에 눕고 말았습니다. 좋다는 약은 다 써 보았지만 소용없었습니다.

그러던 어느 날 아침이었습니다. 조조가 사마의와 조홍을 비롯한 신하들을 불렀습니다.

"내가 죽음을 앞두고 마지막으로 부탁할 말이 있소."

관리와 장수들이 말없이 고개를 숙였습니다. 조조는 가쁜 숨을 몰아쉬며 겨우 말을 이었습니다.

"내가 죽거든 내 아들 조비를 잘 도와주시오. 그리고 무덤은 일흔두 개를 똑같이 만들어 사람들이 내가 묻힌 곳을 모르게 해 주시오……."

조조는 이 말을 남기고 숨을 거두었습니다. 신하들이 울음을 터뜨리며 조조를 불렀지만 아무 대꾸도 없었습니다.

조조는 예순여섯 살의 나이로 세상을 떠났습니다. 관우가 죽은 지 한 달도 채 지나지 않았을 때였습니다.

조조가 죽자 둘째아들 조비가 위왕이 되었습니다. 조비는 신하들과 함께 조조의 장례를 성대하게 치렀습니다.

조비는 조조의 유언대로 무덤을 일흔두 개 만들었습니다. 자기를 미워하는 사람들이 무덤을 파헤칠까 봐 자신이 묻힌 곳을 숨기려고 한 것입니다.

조비는 생김새나 마음씨가 조조를 꼭 빼닮았습니다. 조비도 어렸을 적부터 전쟁놀이와 사냥을 무척 좋아했습니다. 위왕이 된 조비는 모든 일을 조조와 똑같이 했습니다. 오히려 조조보다도 욕심이 많았습니다.

‘아버지는 왕이었지만 나는 반드시 황제가 될 테다.’

조비는 이렇게 생각하며 아랫사람들을 엄하게 다스렸습니다.

헌제 황제는 이런 조비가 두려웠습니다. 조비는 황제를 만날 때 칼을 허리에 찼고, 황제에게 인사조차 하지 않았습니다.

“제 아비보다 더하는구나. 늑대를 피했더니 호랑이를 만났어.”

황제는 조비를 만나고 나면 늘 슬프게 한탄했습니다.

조조가 죽었다는 소식이 유비의 귀에도 들어갔습니다. 유비는 신하들을 둘러보며 말했습니다.

“조조가 죽었으니 손권을 물리쳐 관우의 원수를 갚겠소. 내가 장비와 함께 앞장서서 군사를 이끌 것이오.”

유비가 강동으로 떠나려는데 요화가 울며 앞을 가로막았습니다.

“관우 장군께서는 유봉과 맹달이 도와주지 않아 돌아가셨습니다. 부디 두 도적놈부터 벌주고 떠나십시오.”

이 말에 유비가 고개를 끄덕였습니다.

유비는 병사들에게 당장 두 사람을 끌고 오라고 시켰습

44

니다. 비록 자기의 양아들이지만 유봉 또한 용서할 수 없었습니다. 이때 제갈량이 앞으로 나섰습니다.

"잘못하면 두 사람이 함께 조비에게 항복할지도 모릅니다. 둘을 따로 떼어 놓은 뒤 한 명씩 붙잡아야 합니다."

제갈량은 먼저 유봉과 맹달에게 높은 벼슬을 내렸습니다. 맹달은 상용성에 머무르게 하고 유봉은 면죽 고을을 다스리게 하여 두 사람을 떼어 놓았습니다.

유봉은 벼슬이 높아지자 몹시 부끄러웠습니다.

'내가 관우 삼촌을 돕지 않았는데도 아버지께서는 나를 벌주지 않는구나.'

유봉은 자기 잘못을 크게 반성하며 면죽으로 떠났습니다. 그러나 영리한 맹달은 제갈량의 속임수임을 금방 알아챘습니다.

'차라리 조비한테 도망가자.'

맹달은 부하들을 이끌고 위나라로 도망쳤습니다.

그러자 제갈량이 말했습니다.

"이제 유봉에게 맹달을 잡아 오라 하십시오. 그러면 힘을 들이지 않고 두 사람 모두 사로잡을 수 있습니다."

유비는 곧 유봉에게 명령을 내렸습니다. 유봉은 맹달을

잡아서 저번에 지은 죄를 조금이라도 대신하겠다고 다짐
했습니다.

그때 맹달은 이미 조비에게 도망친 뒤였습니다. 그러나
조비는 맹달을 의심하여 유봉을 잡아 오면 항복을 받아 주
겠다고 말했습니다.

맹달은 조비에게 항복하라는 편지를 써서 유봉에게 보
냈습니다. 유봉은 편지를 읽고 북북 찢어 버렸습니다.

"지난번에도 맹달의 말만 듣다가 큰 죄를 지었다. 그런
데 이번에도 아버지를 배신하라고?"

유봉은 불같이 화를 내며 맹달과 싸우러 나갔습니다. 유
봉은 큰 소리로 맹달을 꾸짖었습니다.

"배신자 맹달아, 어서 내 앞에 무릎을 꿇어라!"

그러나 숨어 있던 조비의 군사가 튀어나와 유봉의 군사
를 공격했습니다. 유봉은 크게 지고 서천의 성도로 달아났
습니다.

유봉은 울면서 유비에게 용서를 빌었습니다.

"죽을죄를 지었습니다. 맹달의 말만 듣고 죄를 지은 것
이니 용서해 주십시오."

"어찌 자기의 목숨만 아낄 줄 알고 다른 사람의 목숨은

하찮게 여긴단 말이냐! 다른 일은 몰라도 관우를 죽게 한 일만은 결코 용서할 수 없다."

유비는 유봉을 베었습니다. 옛날 번성에서 만나 아버지와 아들의 인연을 맺고 함께 싸움터를 누벼 왔지만 두 사람은 슬픈 인연으로 끝나고 말았습니다.

유비는 유봉을 죽이고 마음이 좋지 않았습니다. 유비는 마음에 근심이 많아서 마침내 병이 나고 말았습니다. 강동으로 싸우러 가는 일은 다시 미뤄졌습니다.

유비, 황제가 되다

유비의 양아들 유봉은 죽었는데, 조조의 아들 조비는 날로 권세가 커졌습니다. 이제 조비의 마음은 오직 황제가 되고 싶은 욕심으로 가득했습니다. 아랫사람들은 조비의 마음을 눈치채고 아첨하기에 바빴습니다.

신하들은 뜻을 모아 헌제 황제를 찾아갔습니다. 그 가운데 우두머리인 화흠이 나서서 황제에게 말했습니다.

"폐하께서는 위왕께 황제 자리를 물려주십시오."

황제는 너무나 놀라서 한참 만에 입을 열었습니다.

"그동안 내가 크게 잘못한 일이 없는데 어째서 남에게

황제를 물려준단 말이오?"

그러자 화흠이 황제의 멱살을 잡으며 다그쳤습니다.

"허락하겠느냐, 안 하겠느냐? 어서 말을 해라!"

그때 조홍이 칼을 뽑아 들었습니다. 황제는 벌벌 떨며 더듬더듬 말했습니다.

"화, 황제를 위왕에게 물려주겠소."

"그 말을 글로 써 주시오."

조비의 부하들은 황제를 위협해서 억지로 승낙을 받아냈습니다. 조비는 너무나 기뻐서 싱글벙글했습니다. 그때 사마의가 조비를 붙들며 말했습니다.

"지금 황제가 되시면 사람들이 비웃습니다. 거짓으로 두 번은 사양하십시오."

조비는 사마의가 시키는 대로 세 번째 황제의 글을 받고 마침내 허락했습니다.

조비는 황제가 되는 의식을 치르기로 했습니다. 조비가 단에 오르자 신하들이 땅에 무릎을 꿇고 절을 했습니다.

"새 황제 폐하 만세! 위나라 만세!"

만세 소리가 허도성의 하늘을 가득 뒤덮었습니다.

마침내 한나라는 없어졌습니다. 황제 조비는 나라 이름을

'대위'라고 지었습니다. '대위'란 큰 위나라란 뜻입니다. 그러나 사람들은 그냥 위나라라고 불렀습니다.

화흠이 조비에게 말했습니다.

"하늘의 해는 하나요, 백성의 황제도 오직 한 분입니다. 그러니 한나라 황제는 먼 곳으로 내쫓아야 합니다."

조비가 허락하자 화흠은 칼을 뽑아 들고 황제에게 말했습니다.

"지금부터 너는 산양을 다스리는 신하이다. 너를 해치지 않고 산양에서 살게 해 줄 테니 어서 떠나거라!"

전국 십삼 주의 임금이던 헌제는 고작 일만 가구에서 거두어 들이는 세금으로 먹고사는 위나라의 신하가 되어 허도성을 떠났습니다. 백성들은 쫓겨나는 마지막 황제 헌제를 보며 눈물을 흘렸습니다.

이제 조비는 좋아서 어쩔 줄을 몰랐습니다.

"이제야 아버님의 뜻을 이루었구나. 새 나라를 세웠으니 이제 모든 일을 새롭게 해야겠다."

조비는 도읍을 허도에서 낙양으로 옮기고 큰 궁전들을 지었습니다.

한편, 관우와 유봉을 잃은 슬픔으로 시름시름 앓고 있던 유비의 귀에 조비가 황제가 되었다는 소식이 들려왔습니다. 유비는 깜짝 놀라서 신하들에게 물었습니다.

"그럼 우리 황제 폐하께서는 어찌 되셨소?"

"그만 조비에게 목숨을 잃으셨다고 합니다."

신하들은 잘못된 소문을 듣고 헌제가 죽은 줄로만 알고 있었습니다.

"한나라가 망하다니. 나는 지금껏 무엇을 하며 살아왔단 말인가!"

유비는 가슴을 치며 괴로워했습니다. 유비와 신하들은 흰옷으로 갈아입고 허도를 향해서 절을 올렸습니다.

유비의 병은 더욱 깊어졌습니다. 유비는 모든 일을 제갈량에게 맡기고 자리에 누워 버렸습니다. 제갈량은 신하들과 더불어 의논했습니다.

"우리가 역적을 몰아내고 한나라의 뒤를 이어야 합니다. 나라에는 하루라도 황제가 없으면 안 되는데 어쩌면 좋겠습니까?"

"우리 대왕께서 폐하의 자리를 이으셔야 합니다."

그러자 제갈량은 신하들과 함께 유비를 찾아갔습니다.

"대왕께서는 한나라를 세우신 고조 황제 유방의 자손입

니다. 그러니 마땅히 황제가 되셔서 한나라의 뒤를 이으셔야 합니다."

그러나 제갈량과 신하들이 아무리 말해도 유비는 듣지 않았습니다.

다음 날부터 제갈량은 몸이 아프다며 집에서 나오지 않았습니다. 유비는 걱정이 되어 병문안을 갔습니다.

"공명께서는 무슨 까닭으로 그토록 병이 나셨소?"

"마음에 근심이 가득 차서 그럽니다. 아무래도 오래 살지 못할 것 같습니다."

"공명의 근심이 무엇이오? 내가 풀어 드리겠소."

"대왕께서 황제가 되어 역적을 무찌르고 나라를 일으켜 세워야 근심이 사라질 것 같습니다. 또한 그렇게 하시는 것이 백성을 위하는 길입니다."

유비는 잠시 생각한 뒤에 어렵게 입을 열었습니다.

"나라와 백성을 위하는 일이라면 그렇게 하겠소."

그러자 제갈량은 다 나았다는 듯이 벌떡 일어났습니다.

"공명께서 편찮으시다는 건 거짓말이었군요."

그때 병풍 뒤에서 신하들이 우르르 몰려나왔습니다. 제갈량은 신하들을 보고 말했습니다.

"대왕께서 허락하셨으니 어서 나가 준비하시오."

신하들은 신이 나서 달려 나갔습니다.

촉나라의 모든 신하와 백성들이 성도성 안으로 구름처럼 몰려들었습니다. 제갈량은 유비를 용상으로 이끌고 새로 만든 옥새를 바쳤습니다. 유비는 무릎을 꿇고 공손하게 옥새를 받았습니다.

"새 황제 폐하 만세!"

병사들과 백성들이 두 손을 높이 들고 만세를 외쳤습니다. 만세 소리가 넓은 벌판으로 멀리 퍼져 나갔습니다.

이제 촉나라가 한나라를 잇게 된 것입니다. 유비는 나라 이름을 '대한'으로 정했습니다. 유방이 세운 나라로서 사람들이 보통 한나라라고 하는 대한을 물려 받았다고 여겼습니다.

그런데 사람들은 그냥 '촉한'이라고 불렀습니다. '촉한'은 촉나라와 한나라를 합친 이름입니다.

"지금부터 성도를 한나라의 도읍으로 삼겠소. 공명은 승상을 맡아 주시오."

승상은 황제를 대신하여 나랏일을 돌보는 벼슬입니다. 큰아들 유선은 황제의 뒤를 이을 황태자가 되었습니다.

유비는 황제가 되어서도 하루빨리 관우의 원수를 갚고 싶은 생각뿐이었습니다.

"손권을 두고는 이대로 살 수 없소."

그러자 조운이 앞장서서 반대했습니다.

"폐하, 나라의 역적은 조비이고, 손권은 조비의 신하일 뿐입니다. 조비부터 무찌르셔야 합니다."

"그때까지 어떻게 기다린단 말이오?"

유비가 화를 냈지만 조운도 물러서지 않았습니다.

"폐하께서는 먼저 나랏일부터 생각하십시오."

"됐소. 자꾸 반대하면 나와 장비만이라도 가겠소."

유비는 날마다 군사를 훈련시키는 일에 열중했습니다.

어느 날 제갈량이 유비를 찾아와 간곡하게 말했습니다.

"강동의 손권쯤이야 장군 한 명을 보내 물리치면 됩니다. 먼저 역적 조비부터 물리치십시오."

그러자 비로소 유비가 마음을 바꾸었습니다. 낭중을 지키고 있던 장비가 이 소식을 듣고 불같이 화를 냈습니다.

"뭐? 신하들이 관우 형님의 원수를 갚는 일에 반대해? 내가 성도로 가서 큰형님을 설득해 봐야겠어."

장비는 관우가 죽은 뒤부터 밤낮으로 술만 마시고 있었

습니다. 장비는 성도로 달려가 유비를 껴안고 울었습니다.

"저 혼자라도 가서 원수를 갚겠습니다. 만약 원수를 갚지 못하면 살아서 돌아오지 않겠습니다."

이 말에 유비는 다시 손권과 싸우기로 마음을 바꿨습니다. 장비가 낭중으로 돌아가자 관리인 진복이 유비를 찾아왔습니다.

"아우의 원수를 갚는 일보다 나랏일이 먼저입니다."

이미 마음을 굳힌 유비는 진복의 말에 버럭 화를 냈습니다. 그러나 진복도 지지 않았습니다.

"폐하, 부디 큰일을 그르치지 마십시오."

"내가 싸우러 나가는데 어찌 그런 말을 하느냐? 네가 정녕 죽고 싶은 모양이구나."

"저는 죽어도 좋으나 나랏일이 걱정입니다."

진복은 조금도 두려워하지 않았습니다. 유비는 화가 머리끝까지 올라서 그만 제정신이 아니었습니다.

"여봐라, 저놈을 끌어내 목을 베라!"

그러자 곁에 있던 신하들이 용서를 빌었습니다.

"그럼 원수를 갚고 돌아올 때까지 진복을 가두어라!"

제갈량도 유비에게 글을 올려 진복의 말에 따르라고 간청

했습니다. 그러나 유비는 제갈량이 올린 글마저 내던졌습니다.

"나를 반대하는 자는 누구라도 용서하지 않겠다!"

유비는 칠십만이나 되는 대군을 모아 강동으로 떠날 날을 잡았습니다.

제갈량은 땅이 꺼지도록 한숨을 내쉬었습니다.

"죽은 아우 때문에 나랏일을 그르치시는구나!"

장비는 낭중에서 싸우러 나갈 채비를 갖추고 유비와 약속한 날을 손꼽아 기다렸습니다.

"왜 이렇게 하루하루가 늦게 흘러가느냐."

장비는 초조한 마음을 술로 달랬습니다. 하루는 장비가 술에 취한 채 장수들을 불러 모았습니다.

"사흘 안에 갑옷과 깃발을 모두 흰색으로 바꾸어라. 돌아가신 관우 형님의 복수를 하러 가는 길이니 모두 상복을 입어야 해."

다음 날 범강과 장달이라는 두 장수가 찾아왔습니다.

"사흘 안에 흰 깃발과 갑옷을 마련하기는 어렵습니다. 며칠만 더 여유를 주십시오."

"네놈들이 감히 명령을 어기겠단 말이냐?"

장비는 병사들을 시켜 두 장수를 나무에 붙들어 묶고 채찍으로 때리게 했습니다.

"내일까지 시키는 대로 하지 않으면 죽여 버릴 테다!"

장비는 지독한 술 냄새를 내뿜으며 소리를 질렀습니다. 아픈 몸을 이끌고 막사로 돌아온 범강이 장달에게 말했습니다.

"이제 우리는 죽은 목숨이오."

그러자 장달이 이를 갈며 대꾸했습니다.

"저놈 손에 죽기 전에 우리가 먼저 죽여 버립시다."

범강과 장달은 둘이서 뭐라고 속삭이고 헤어졌습니다. 그날 밤에도 장비는 술을 마시고 잔뜩 취해서 잠이 들었습니다. 그때 범강과 장달이 나타났습니다.

두 사람은 깊이 잠든 장비의 배를 칼로 힘껏 찔렀습니다. 장비는 그대로 숨이 끊어졌습니다. 범강과 장달은 장비의 목을 들고 강동으로 도망쳤습니다.

이튿날 아침, 다른 장수들이 장비의 시신을 발견했습니다. 전쟁터를 주름잡던 장비는 이렇게 죽고 말았습니다.

장비의 큰아들 장포는 서둘러 유비에게 달려갔습니다. 그때 유비는 군사를 이끌고 강동으로 가고 있었습니다.

늙은 장군 황충과 백미 선생 마량이 유비를 따랐습니다.

유비는 장비와 만나기로 약속한 곳에 진지를 세우고 머물렀습니다. 며칠 뒤 한 떼의 군사가 먼지를 일으키며 달려왔습니다. 군사를 이끄는 장수는 흰 갑옷을 입은 장포였습니다.

"네 아버지는 어디 가고 너만 왔느냐?"

장포는 말에서 뛰어내리며 울음을 터뜨렸습니다.

"큰아버님, 아버지께서 그만 세상을 떠나셨습니다."

장포는 울면서 그동안 일어난 일을 자세히 이야기했습니다.

"이게 무슨 일이란 말이냐. 두 아우를 모두 잃다니!"

유비가 장포를 얼싸안으며 구슬프게 울었습니다. 그때였습니다. 관우의 아들 관흥이 흰 갑옷을 입은 채 군사를 이끌고 달려왔습니다.

"돌아가신 아버님의 원수를 반드시 갚아야 합니다. 저를 데려가 주십시오."

관흥은 유비 앞에 엎드려 눈물을 흘리며 말했습니다.

유비는 장포와 관흥을 안고 울었습니다. 유비는 두 조카와 함께 다시 강동으로 향했습니다.

유비가 이끄는 촉나라의 군사가 강동 땅 가까이 이르렀을 때였습니다. 장포가 유비에게 말했습니다.

"큰아버님, 제가 앞장서서 적과 싸우고 싶습니다."

그러자 관흥도 자신이 앞장서고 싶다고 말했습니다. 장포가 관흥에게 화를 냈습니다.

"네가 얼마나 싸움을 잘 하기에 그러느냐?"

"너야말로 얼마나 잘 싸우느냐? 어디 한번 나하고 겨루어 볼 테냐?"

유비가 두 소년 장수에게 말했습니다.

"너희의 무예가 보고 싶구나. 장포가 먼저 솜씨를 보여 주어라."

"저는 활을 쏘아 보겠습니다."

장포는 깃발에다 붉은 동그라미를 그려서 백 걸음 밖에 세웠습니다. 그리고 활을 들어 세 번을 쏘았습니다. 화살 세 개가 바람처럼 날아가 동그라미를 꿰뚫었습니다. 그러나 관흥은 조금도 놀라지 않았습니다.

"저는 날아가는 새를 떨어뜨리겠습니다."

마침 기러기 떼가 줄지어 날아가고 있었습니다.

"저기 세 번째 기러기를 쏘아 맞히겠습니다."

　관흥이 활을 쏘자 정말로 세 번째 기러기가 땅에 떨어졌습니다. 병사들이 환호성을 질렀습니다.

　유비가 말했습니다.

　"이제 됐다. 너희의 아버지가 형제 사이였으니 너희도 형제로 지내도록 해라. 장포가 한 살 많으니 지금부터 장포가 형이고, 관흥이 아우다. 알겠느냐?"

　두 소년 장수는 우렁차게 대답했습니다. 유비가 이끄는 칠십만 대군의 사기도 하늘을 찔렀습니다.

　한편, 유비가 쳐들어온다는 소식에 손권은 몹시 두려웠습니다.

　"유비가 이를 갈고 덤비는데 내가 어떻게 이길 수 있겠느냐!"

　그러자 아랫사람 제갈근이 말했습니다.

　"제가 가서 유비의 마음을 달래 보겠습니다."

　이때 유비는 백제성에 도착해 머무르고 있었습니다. 백제성은 형주 땅과 장강 가까이에 있어서 언제든지 강동으로 갈 수 있는 곳이었습니다. 제갈근은 백제성으로 유비를 찾아가서 손권의 말을 전했습니다.

"폐하, 지난 일은 다 잊으시고 그만 화를 푸십시오."

"너희가 내 아우를 죽이고 이제 와서 딴소리를 하느냐? 썩 물러가라."

"한나라의 역적은 조비이니 저희와 힘을 합쳐 조비를 물리치도록 하십시오."

"내 아우를 죽인 원수와는 한 하늘 아래서 살 수 없다. 내가 살아 있는 동안에는 손권을 용서할 수 없어!"

유비는 불같이 화를 내며 제갈근을 내쫓았습니다. 제갈근이 그냥 돌아오자 손권의 근심은 더욱 커졌습니다.

"이렇게 되면 내가 조비의 신하가 되는 수밖에 없소."

손권은 곧 조비에게 사람을 보내

신하가 되겠다는 글을 바쳤습니다. 조비는 손권의 글을 읽고 껄껄 웃으며 좋아했습니다.

"지금부터 손권을 오왕으로 삼겠노라."

이 말에 조비의 신하들이 놀라며 반대했습니다.

"내게 다 생각이 있소. 손권을 오왕으로 삼을 뿐이지 오나라를 돕지는 않겠소. 오나라와 촉나라가 싸우다가 한쪽이 망하면 그때 내가 다른 한쪽을 무찔러 버리겠소."

이렇게 되어 손권은 오왕이 되었습니다. 비록 남의 신하이기는 하지만 손권도 비로소 왕이 된 것입니다.

이때부터 사람들은 손권이 다스리는 강동을 '오나라'라고 불렀습니다. 마침내 중국 땅에는 촉나라, 위나라, 오나라라는 세 나라가 세워졌습니다.

어느새 촉나라의 대군이 강과 육지로 나뉘어 강동으로 다가왔습니다. 다급해진 손권은 조비에게 도와 달라고 청했습니다. 하지만 조비에게서는 아무런 소식도 오지 않았습니다.

"옛날에는 주유 대도독과 노숙 선생이 있었고 그 다음에는 여몽이 있었는데, 이제 아무도 없구나!"

손권은 근심이 가득한 목소리로 중얼거렸습니다.

유비의 군사는 물밀듯이 오나라로 쳐들어갔습니다. 마침내 오나라의 이릉성에 도착했습니다. 이릉성만 지나면 형주성이 가까워집니다.

촉나라 군사는 이릉성을 에워싸고 장강을 따라 길게 진지를 세웠습니다. 진지의 수가 무려 마흔 개였고, 그 길이는 칠백 리에 이르렀습니다.

유비는 장포와 관흥이 계속 이기고 돌아오자 몹시 기뻐했습니다.

"장수들이 모두 늙어서 걱정이었는데 너희가 있어 참 든든하구나."

유비의 말을 들은 늙은 장수 황충은 서운했습니다.

"나는 일흔이 넘었지만 아직도 활을 당길 수 있고, 말을 타면 천 리를 달릴 수 있어. 폐하께 나의 용맹함을 보여 주어야겠다."

이때 손권이 보낸 오나라 장수들이 싸움을 걸어왔습니다. 황충은 재빠르게 말에 올라 바람처럼 달려 나갔습니다. 젊은 장수들이 놀라서 황충을 말렸습니다.

그러나 황충은 들은 척도 안 하고 그대로 달려 나갔습니다. 유비는 놀라서 장포와 관흥을 보고 말했습니다.

"내가 말을 잘못해서 황장군이 서운했나 보구나. 너희가
나가서 황장군을 도와주고 오너라."

두 소년 장수는 황충을 뒤따라 달려 나갔습니다.

황충은 오나라 군사를 만나자 칼을 빼들었습니다. 오나
라 군사를 이끄는 장수는 반장이었습니다.

반장은 형주에서 부하 마충과 함께 관우를 사로잡은 장수입니다. 반장은 그때 얻은 청룡도로 황충을 가리키며 비웃었습니다.

"누가 저 늙은이를 혼내 주겠느냐?"

이 말에 한 장수가 용감하게 달려 나갔습니다. 그러나 황충은 한칼에 그 장수를 베었습니다. 반장은 화가 치밀어 청룡도를 휘두르며 황충과 싸웠습니다. 하지만 반장이 먼저 말을 돌려 달아났습니다.

이튿날도 황충과 반장이 맞섰습니다. 황충은 전날처럼 있는 힘을 다해 싸웠지만 이번에도 반장이 도망쳤습니다.

"게 섰거라. 내가 관우 장군의 원수를 갚아 주겠다!"

황충이 반장을 뒤쫓아 어느 골짜기에 이르렀을 때였습니다. 갑자기 숨어 있던 오나라 병사들이 달려 나와 한꺼번에 황충을 공격했습니다. 황충은 오나라 장수가 쏜 화살에 어깨를 맞았습니다.

"으윽!"

황충은 말 위에서 휘청거렸습니다. 이때 장포와 관흥이 나타나 황충을 구해서 진지로 돌아갔습니다. 황충은 이미 피를 많이 흘린 상태였습니다. 유비가 달려 나와 황충을 안고 자신의 막사로 데려갔습니다.

황충은 자리에 누워 눈물이 가득 고인 눈으로 힘겹게 입을 열었습니다.

"저 같은 촌사람이 폐하를 만나 대장군까지 되었으니 죽어도 여한이 없습니다."

"장군께서는 아직도 용맹하십니다. 힘을 내세요."

"폐하께서는 건강을 잘 돌보시고 부디 한나라를 통일하도록 하십시오……."

그날 밤, 황충은 유비의 막사에서 숨을 거두었습니다.

유비는 가슴을 치며 통곡했습니다.

"이제 내가 나가서 싸우겠다."

유비는 군사를 이끌고 싸움에 나섰습니다. 장포와 관흥은 서로 다투듯이 오나라 장수를 무찔렀고, 유비는 싸움에서 크게 이겼습니다.

천하를 남기고 떠난 용

"여기가 도대체 어디쯤일까?"

관흥은 진지로 돌아가지 못하고 어두운 밤에 산속을 헤매고 있었습니다. 낮에 관흥은 오나라 군사와 싸우다가 아버지의 청룡도를 들고 있는 반장을 뒤쫓았습니다. 반장을 찾으려고 산속을 뒤졌으나 찾지 못하고 어느새 날이 저물어 길을 잃은 것입니다.

저 멀리 희미한 불빛이 하나 보였습니다. 관흥이 달려가 보니 작은 오두막이 나왔습니다. 오두막에는 한 노인이 살고 있었습니다.

"길을 잃었습니다. 먹을 것을 좀 주십시오."

노인은 관흥을 방 안으로 맞아들였습니다. 그런데 관흥은 방에 들어서자마자 소스라치게 놀랐습니다. 벽에 관우의 초상화가 붙어 있었던 것입니다. 관흥은 울음을 터뜨렸습니다.

그러자 노인이 놀라며 물었습니다.

"장군께서는 왜 우십니까?"

"이 분이 바로 제 아버지입니다."

노인은 더욱 놀라며 관흥에게 넙죽 절을 했습니다.

"이곳 백성들은 오래전부터 관우 장군님의 제사를 지내고 있습니다. 아드님을 뵙게 되다니 정말 반갑습니다."

노인과 관흥은 밤이 깊도록 정답게 이야기를 나누었습니다. 그런데 그때 누군가 사립문을 두드렸습니다.

"주인장, 길을 잃었는데 하룻밤만 묵게 해 주시오."

놀랍게도 그 사람은 반장이었습니다. 관흥은 청룡도를 손에 쥔 반장을 보고 얼른 칼을 뽑아들었습니다.

"네 이놈, 원수를 외나무다리에서 만나는구나!"

반장은 놀라서 정신이 오락가락했습니다. 그 순간 관흥의 칼이 번쩍 허공을 갈랐습니다. 반장이 바닥에 쓰러졌습니다. 관흥은 잃어버렸던 청룡도를 마침내 되찾았습니다.

"이제 마충만 죽이면 원수를 다 갚을 수 있습니다."

관흥은 노인과 헤어져 어둠을 헤치고 진지로 떠났습니다. 관흥이 탄 말에는 반장의 머리가 매달려 있었습니다.

관흥이 진지로 돌아가자 유비는 몹시 기뻐했습니다.

"아버지의 원수를 갚고 돌아오다니 장하구나."

그런데 다음 날 오나라 병사들이 마충의 머리를 가지고 와서 항복했습니다.

"저희들은 원래 관우 장군님을 모시고 있었는데 손권에게 사로잡혀 항복했습니다. 폐하께서 오셨다는 말을 듣고 이렇게 마충을 죽여서 용서를 빌러 왔습니다."

유비는 몹시 기뻐하며 모두 용서해 주었습니다.

"이제 관우의 원수를 조금이라도 갚았구나."

이 모습을 보고 장포가 구슬프게 울며 소리쳤습니다.

"제 아버지의 원수도 갚아야 합니다."

장포는 아버지를 죽이고 도망친 범강과 장달을 생각하며 이를 갈았습니다.

한편, 손권은 여러 장수들이 죽자 더욱 싸울 용기가 없어졌습니다. 손권은 장수들에게 말했습니다.

"범강과 장달을 붙잡아서 장비의 머리와 함께 유비에게 보내시오. 그리고 내가 형주를 내주고 손부인을 돌려보낼 테니 싸움을 그치자고 전하시오."

손권의 장수들은 손권이 시키는 대로 했습니다. 유비는 범강과 장달을 보자마자 두 눈을 부릅뜨고 당장 목을 베라고 소리를 질렀습니다. 하지만 화가 풀리지 않았습니다.

"손부인도 싫고 형주 땅도 싫다. 손권을 사로잡고 강동 땅까지 다 빼앗아야 내 마음이 풀리겠다."

손권은 유비가 마음을 바꾸지 않자 어쩔 줄을 몰랐습니다. 이때 감택이라는 신하가 손권에게 말했습니다.

"유비를 물리칠 인재를 두고도 어찌 고민하십니까?"

"그게 누구요?"

"지금 우리에게는 육손이 있지 않습니까?"

손권은 형주에 있는 육손을 불러오라고 했습니다. 그런데 다른 신하들이 반대했습니다.

"육손은 한낱 젊은 선비일 뿐입니다. 장수들이 따르지 않을 것입니다."

이 말에 손권이 목소리를 높였습니다.

"이미 마음을 먹었으니 더 이상 반대하지 마시오."

육손이 부름을 받고 달려오자 손권은 은인을 만난 듯이 반겼습니다.

"지금 오나라는 바람 앞에 촛불처럼 위태롭소. 그대가 유비를 무찔러 주시오."

"저는 나이도 어리고 재주도 없어서 장수들이 잘 따르지 않을 것입니다."

육손이 말하자 손권은 허리에 찬 보검을 풀어 높이 들고 아랫사람들에게 말했습니다.

"지금부터 육손이 오나라의 모든 군사를 다스리는 대도독이오. 대도독의 명령은 바로 내 명령과 같소."

손권은 육손에게 보검을 건네주었습니다. 하지만 여러 장수들은 여전히 육손을 비웃었습니다.

"육손이 대도독이라니 이제 우리 오나라는 망했어."

육손은 장강으로 나가 촉나라 군사와 가깝게 진지를 세웠습니다. 하지만 진지만 지킬 뿐 싸우지는 않았습니다.

유비가 이 소식을 듣고 크게 기뻐했습니다.

"어린 선비가 강동의 대도독이 되었다니 잘됐구나."

하지만 백미 선생 마량은 고개를 가로저었습니다.

"육손은 관우 장군을 물리치고 형주를 빼앗은 자입니다.

우습게 보시면 안 됩니다.”

　그러나 유비는 그 말을 흘려듣고 육손의 진지로 쳐들어 갔습니다. 오나라의 한당이 나가 싸우려고 했습니다. 하지만 육손이 허락하지 않았습니다.

　촉나라 병사들은 밤낮을 가리지 않고 욕설을 퍼부으며 싸움을 걸었습니다. 그러나 육손은 진지를 지키고 나가지 않았습니다.

　오나라 군사가 상대해 주지 않자 유비도 지치기 시작했습니다. 마침 한여름이라 가만히 있어도 불 속에 들어앉은 것처럼 무더웠습니다. 유비가 장수들을 불렀습니다.

　“여름이 갈 때까지 시원한 숲 속으로 진지를 옮겨라.”

　유비가 진지를 숲 속으로 옮겼다는 소식을 듣고 육손은 손뼉을 치며 기뻐했습니다.

　“나는 이때만을 기다렸소. 이제 단번에 무찌를 테니 두고 보시오.”

　그래도 장수들은 마음속으로 육손을 비웃었습니다.

　유비가 이끄는 촉나라의 병사들은 그늘에서 편히 쉬었습니다. 백미 선생 마량은 왠지 걱정이 되어 성도에 있는 제갈량에게 작전을 물어보러 떠났습니다.

성도에 간 마량은 제갈량에게 촉나라 진지를 그린 지도를 보여 주었습니다. 제갈량이 놀라며 소리쳤습니다.

"아니, 누가 진지를 숲 속에 세우라고 했소? 내가 당장 그 사람의 목을 베겠소."

"모두 폐하 스스로 결정하신 일입니다. 다른 사람의 뜻으로 이루어진 것이 아닙니다."

마량이 대답하자 제갈량은 땅이 꺼질 듯 한숨을 내쉬었습니다.

"승상, 왜 그러시오?"

"곧 가을이 되면 숲의 나뭇잎이 마릅니다. 그때 적이 화공 작전을 쓰면 어떻게 되겠소?"

제갈량은 깜짝 놀라는 마량을 보며 말을 이었습니다.

"또 진지를 늘어세워 우리 병사들은 뿔뿔이 흩어져 있소. 적이 한꺼번에 쳐들어오면 무슨 수로 막아 내겠소? 선생이 어서 가서 진지를 고쳐 세우시오."

"진지를 고치기 전에 적이 쳐들어오면 어떡합니까?"

"폐하께서 싸움에 지거든 백제성으로 피하게 하시오."

"육손이 뒤쫓으면 어쩌지요?"

"육손은 나한테 맡기시오. 어복포라는 곳에 이미 십만

군사를 숨겨 두었소."

"어복포를 여러 번 지나다녔지만 한 번도 병사를 본 적이 없습니다."

"그건 나중에 알게 될 테니 선생은 어서 떠나시오."

마량은 고개를 갸웃하며 다시 유비에게 달려갔습니다. 하지만 이미 이릉에서는 싸움이 시작되고 있었습니다.

대도독 육손은 장수들을 불러 모았습니다.

"마지막으로 한 번만 더 유비를 속이겠소."

육손은 늙고 힘없는 병사들만 골라서 촉나라 진지로 내보냈습니다. 그래서 오나라 군사는 크게 지고 돌아왔습니다. 유비와 촉나라 병사들은 오나라 군사를 더욱 우습게 알고 마음을 놓았습니다.

어느 날 밤, 동남풍이 심하게 불었습니다. 오나라 진지 쪽에서 촉나라 진지 쪽으로 부는 바람이었습니다.

밤이 되자 촉나라의 병사들은 잠자리에 들었습니다. 갑자기 북쪽 진지에서 큰 소란이 일어났습니다.

"불이야!"

유비가 이 소리를 듣고 자리에서 벌떡 일어났습니다. 그런데 이번에는 남쪽 진지에서 불길이 치솟았습니다.

촉나라 진지에는 하나씩 건너뛰며 불길이 일어났습니다. 마흔 개 진지 가운데 스무 개가 불길에 휩싸였습니다. 오나라 병사들이 마른 풀단에 불을 붙여 촉나라 진지로 던졌습니다.

"살고 싶으면 무기를 버리고 항복하라!"

오나라 병사들은 여러 무리로 나뉘어 쳐들어왔습니다. 유비는 서둘러 말에 올라 진지 밖으로 달렸습니다. 숨어 있던 오나라 장수들이 유비를 발견하고 달려들었습니다.

"저기 유비가 있다!"

유비는 어쩔 줄을 몰랐습니다. 이때 장포가 달려와 유비를 구해서 산 위로 올라갔습니다.

"아아, 이게 무슨 꼴이란 말이냐!"

유비가 산 아래를 내려다보니 온통 불바다였습니다. 그런데 이번에는 육손이 산을 포위해 버렸습니다.

어느새 날이 밝았습니다. 오나라 군사가 산을 둘러싸고 불을 놓았습니다. 유비가 갈팡질팡하는데 한 장수가 불길을 헤치고 나타났습니다. 바로 관흥이었습니다.

"폐하, 어서 백제성으로 몸을 피하십시오."

관흥이 청룡도를 휘두르며 적의 포위를 뚫고 유비가 그

뒤를 따랐습니다. 장포는 유비의 뒤에서 적을 쫓았습니다. 그러다 유비가 어느 골짜기에 이르렀을 때였습니다. 갑자기 오나라 군사가 앞을 가로막았습니다.

"내가 여기서 죽는구나!"

유비가 땅이 꺼지도록 한숨을 내쉬었습니다. 이때 적들을 헤치고 한 장수가 달려왔습니다.

"오, 저건 조운이 아니냐?"

조운은 유비가 위태롭다는 말을 듣고 달려온 것입니다. 조운은 유비를 보호하며 백제성으로 달렸습니다.

유비가 도망치는 동안 여러 장수들과 병사들은 죽거나 항복했습니다. 촉나라 군사는 그토록 많던 무기와 군량을 모조리 잃고 말았습니다.

육손은 쉬지 않고 유비를 뒤쫓았습니다. 육손의 군사는 어느덧 강을 건너 촉나라 땅 어복포에 이르렀습니다. 어복포만 지나면 바로 백제성입니다.

육손이 병사들을 멈추게 했습니다.

"아무래도 저 앞이 좀 수상하구나."

앞은 수많은 돌이 쌓여 있는 돌산이었습니다.

"저 돌산 주위에 촉나라 군사가 숨어 있을 것이다."

육손은 두려워서 그대로 강가에 머물렀습니다. 그렇게 며칠이 흘렀습니다. 하지만 돌산 주위에서는 아무런 움직임이 보이지 않았습니다. 육손은 용기를 내어 돌산 가까이로 가 보았습니다.

"아니, 이건 그냥 빈 돌산이 아니냐? 내가 공명에게 속아서 괜히 시간만 허비했구나."

육손은 땅을 치며 후회했습니다. 그동안 유비는 무사히 백제성으로 들어갈 수 있었습니다.

그제야 마량이 백제성에 도착했습니다. 마량은 자기가 늦게 온 것이 몹시 안타까웠습니다. 그러나 육손이 돌산에 놀라서 물러갔다는 말을 듣고 무릎을 쳤습니다.

"승상이 어복포에 십만 군사를 숨겨 두었다더니 이 돌산을 이르는 말이었구나!"

마량은 감탄하며 서둘러 유비를 찾아갔습니다.

유비는 마량을 보고 한숨을 내쉬며 말했습니다.

"내 욕심에 사로잡혀 수많은 장수와 병사들을 잃었구려. 모두가 내 탓이오. 돌아가서 신하들을 볼 낯이 없으니 당분간 여기 백제성에 머무르겠소."

유비는 싸움에서 진 일이 내내 가슴에 맺혔습니다. 결국

유비는 병이 나고 말았습니다. 유비의 병은 날이 갈수록 깊어졌습니다. 그렇게 한 해가 흘러갔습니다.

어느 여름밤이었습니다. 두 사람의 그림자가 방문에 비쳤습니다. 유비가 내다보니 관우와 장비였습니다.

"이 사람들아, 어디 갔다 이제 왔는가?"

"형님, 우리 형제가 만날 날이 얼마 남지 않았습니다."

관우와 장비는 연기처럼 사라져 버렸습니다. 유비는 아우들을 부르다가 번쩍 눈을 떴습니다. 꿈이었습니다.

"죽은 아우들이 꿈에 나타난 걸 보니 내가 죽을 날도 멀지 않은 모양이다."

날이 밝자 유비는 성도에 있는 제갈량과 신하들을 불렀습니다. 황태자 유선만 성도에 홀로 남았습니다.

"승상은 내 곁으로 가까이 오시오."

이 말에 제갈량이 유비의 머리맡에 무릎을 꿇었습니다. 유비는 제갈량의 등을 가만히 어루만졌습니다.

"내가 승상의 말을 듣지 않아서 싸움에 지고 병까지 얻었구려. 이제 내 목숨이 끊어질 날도 얼마 남지 않았으니 승상에게 마지막 부탁을 하려고 합니다."

제갈량은 뜨거운 눈물을 흘렸습니다. 신하들도 바닥에

엎드려 고개를 떨구고 울었습니다.

"승상께서는 부디 내 아들 유선을 잘 돌봐 주시오. 그래서 역적을 물리치고 한나라를 하나로 만들어 백성들이 편안하게 살 수 있도록 해 주시오."

"목숨을 바쳐서 새 황제께 충성을 다하겠습니다."

제갈량이 눈물을 흘리며 머리를 끄덕였습니다.

유비가 이번에는 조운을 보고 말했습니다.

"장군과 헤어지니 너무나 아쉽구려."

조운도 뜨거운 눈물을 흘리며 슬퍼했습니다. 유비가 마지막 힘을 내어 신하들에게 말했습니다.

"대신들은 부디 승상을 잘 돕도록 하시오."

유비는 이 말을 남기고 숨을 거두었습니다. 이때 유비의 나이 예순셋이었습니다.

제갈량은 유비의 시신을 성도로 옮겨 장례를 치렀습니다. 이제 유비의 큰아들 유선이 새 황제가 되었습니다.

제갈량은 새 황제와 장비의 딸을 결혼시켰습니다.

한편, 위나라의 조비는 유비가 죽었다는 소식을 듣고 촉나라를 빼앗고 싶은 욕심이 생겼습니다. 사마의도 조비를 거들었습니다.

"폐하, 지금이 촉나라를 무찌를 기회입니다."

"중달에게 무슨 좋은 수라도 있소?"

중달은 사마의의 자로서, 이름 대신에 부르는 것입니다. 중달은 촉나라로 쳐들어갈 작전을 이야기했습니다.

"우리를 따르는 여러 나라와 힘을 합쳐야지요. 그래서 군사를 다섯 길로 나누어 쳐들어가십시오."

"다섯 길로? 어떻게 말이오?"

"첫 번째 길로는 동쪽의 선비국 군사, 두 번째 길로는 멀리 남쪽에 있는 남만 군사, 세 번째 길로는 오나라 손권의 군사, 네 번째 길로는 촉나라에서 항복한 맹달 군사를 가게 합니다."

"마지막은 누가 갑니까?"

"마지막 길로는 우리의 대장군 조진을 보냅니다."

조비는 선비국과 남만 그리고 오나라로 편지를 보냈습니다. 모두 위나라에 항복한 나라들이었습니다. 사마의의 말대로만 되면 촉나라는 사방에서 공격을 받게 됩니다.

"제아무리 제갈공명이라도 다섯 길로 쳐들어가는 군사를 막아 낼 수는 없겠지."

조비는 당장이라도 촉나라를 손에 넣은 듯한 기분이었

습니다. 마침내 위나라가 이끄는 다섯 군사가 하나 둘 촉
나라로 나아갔습니다.

촉나라의 신하들은 위나라가 쳐들어온다는 소식을 듣고
깜짝 놀랐습니다. 신하들은 걱정이 되어 제갈량에게 달려
갔습니다. 하지만 제갈량은 집 안에만 틀어박혀서 나오지
않았습니다. 제갈량을 부르러 간 신하가 혼자서 되돌아왔
습니다.

"승상께서는 병이 나셔서 나오지 못한다고 합니다."

유선은 당황하여 신하들과 제갈량의 집을 찾아갔습니
다. 제갈량은 정원의 연못가에서 물고기를 바라보고 있었
습니다.

"위나라 군사가 쳐들어온다는데 지금 무얼 하십니까?"

"감기 기운이 있어서 쉬고 있었습니다. 이미 네 군데의
적은 막았으니 손권만 막으면 됩니다."

제갈량이 유선을 방으로 이끌며 말했습니다.

"선비국 군사는 마초가 막고, 남만 군사는 위연이 막고
있습니다. 또 맹달은 이엄을 보내 물리치게 했고, 조진은
조운이 막고 있습니다."

"미리 다 손을 써 놓았군요. 과연 승상이십니다."

제갈량은 조비가 쳐들어올 줄을 미리 알고 있었습니다.

"폐하, 손권은 한 사람을 시켜 막아 볼 생각입니다."

"한 사람이라고요? 어떻게 말입니까?"

"폐하께서는 저를 믿고 술이나 드시고 가십시오."

잠시 뒤 유선이 술에 취해 웃으며 나오자 밖에 있던 신하들은 어리둥절했습니다. 이때 등지라는 관리만이 빙그레 웃었습니다.

제갈량은 등지가 웃는 것을 보고 남몰래 불렀습니다.

"그대는 아까 무슨 일로 웃었소?"

"폐하의 웃는 얼굴을 보고 승상의 작전을 알았습니다."

등지가 대꾸하자 제갈량은 크게 기뻐했습니다.

"그럼 그대가 나를 도와서 손권까지 막아 주시오."

제갈량은 등지에게 나지막이 속삭였습니다.

이튿날, 제갈량은 등지를 오나라로 보냈습니다. 오나라 손권은 촉나라로 막 쳐들어가려던 참이었습니다.

하지만 손권은 촉나라로 쳐들어가는 일이 몹시 못마땅했습니다. 제갈량과 싸워서는 이기기 어렵다고 생각했기 때문입니다. 그래서 싸우는 시늉만 하려던 참이었습니다.

이때 촉나라에서 등지가 왔습니다.

장소가 말했습니다.

"아마도 공명이 우리를 설득하려고 보낸 것 같습니다. 등지에게 겁을 줄 테니 뭐라고 말하나 보십시오."

손권은 병사들을 시켜 궁궐문 밖에 커다란 솥을 걸었습니다. 그리고 솥 안에 기름을 가득 붓고 펄펄 끓였습니다. 주위에는 무사들을 한 줄로 세워 두었습니다.

얼마 뒤 도착한 등지는 기름솥과 무사들을 보고도 그저 빙그레 웃었습니다. 게다가 손권에게 눈인사만 할 뿐 절을 하지 않았습니다. 손권은 화가 났습니다.

"어찌 오나라의 왕인 나한테 절을 올리지 않느냐?"

"나는 큰 나라 황제의 신하입니다. 황제의 신하는 작은 나라의 왕에게 절을 하지 않습니다."

"뭣이! 저 펄펄 끓는 기름솥에 들어가고 싶으냐?"

이 말에 등지는 손권을 손가락질하며 비웃었습니다.

"혼자서 온 나를 두려워하는 걸 보니 오나라에는 조무래기들만 있나 보군요."

"내가 어찌 너 하나를 두려워하겠느냐?"

"그럼 저 기름솥은 무엇이고, 무사들은 왜 세워 두었습니까?"

"감히 나를 설득하러 온 너를 벌주려고 그런다."

"나는 오나라를 위해 왔는데 벌을 준단 말입니까?"

"오나라를 위해 왔다고? 어디 한번 네 말을 들어보자."

"위나라는 언젠가는 오나라를 빼앗고 말 것입니다. 그러니 오나라와 촉나라는 서로 힘을 합쳐야 합니다."

그러자 손권의 표정이 부드러워졌습니다.

등지는 다시 입을 열었습니다.

"우리 촉나라에는 제갈 승상과 험한 산이 있고, 오나라에는 육손 대도독과 넓은 장강이 있습니다. 두 나라가 손만 잡으면 조비쯤이야 두려울 게 없지요."

손권은 아직도 의심하는 표정이었습니다. 그러자 등지가 갑자기 펄펄 끓는 기름솥으로 뛰어들려고 했습니다.

"제가 죽어야 믿으시겠습니까?"

손권이 놀라며 등지를 붙들었습니다.

"이러지 마시오. 그대의 말을 따르겠소."

마침내 손권은 촉나라로 쳐들어가는 일을 그만두었습니다. 이처럼 제갈량은 등지의 용기와 말솜씨를 빌려서 손권의 군사를 막아 냈습니다.

제갈량, 남만을 치다

제갈량은 유비의 유언을 하루도 잊은 적이 없습니다. 그
것은 중국 땅을 하나로 만들어 한나라를 다시 일으켜 세우
는 일입니다. 그래서 제갈량은 오나라와 손을 잡고 형제처
럼 지내기로 했습니다.

위나라 황제 조비는 자기에게 항복한 손권이 촉나라와
손을 잡자 화가 났습니다. 그래서 삼십만 군사를 거느리고
오나라로 쳐들어가기로 했습니다. 그때 사마의가 건의했
습니다.

"오나라로 가려면 넓은 장강을 건너야 합니다. 그러니
커다란 배를 만들어서 병사들이 강을 쉽게 건널 수 있도록

하십시오."

조비는 이 말에 따랐습니다. 위나라 사람들은 밤낮을 쉬지 않고 배를 만들었습니다. 배가 얼마나 큰지 무려 이천 명이나 탈 수 있었습니다.

배는 꼭 용처럼 생겼습니다. 뱃머리에는 나무를 용의 머리 모양으로 깎아서 달았고, 배의 꼬리는 용꼬리처럼 만들었습니다. 사마의는 이 배를 용배라고 불렀습니다.

오나라와 싸울 채비가 갖추어지자 조비는 용배에 군사들을 태우고 강동으로 떠났습니다. 그동안 나랏일은 모두 사마의에게 맡겼습니다.

오나라의 손권이 이 소식을 듣고 신하들을 불러 모았습니다.

"누가 위나라 군사를 막겠소?"

"제가 조비를 물리쳐 보겠습니다."

서성이라는 장수가 앞으로 나서며 말했습니다. 손권은 크게 기뻐하며 허락했습니다.

"대왕, 촉나라로도 사람을 보내 북쪽에서 위나라를 공격하라고 하십시오."

"그게 좋겠구려."

손권은 편지를 써서 촉나라로 보냈습니다.

서성은 군사를 거느리고 장강으로 달려 나갔습니다. 서성은 장강에 이르러 장수들을 둘러보며 말했습니다.

"적은 우리보다 군사가 훨씬 많소. 그에 맞서 싸우면 이기기 어려우니 허허실실 작전을 써야겠소."

"허허실실 작전이라니요?"

한 장수가 궁금해하며 물었습니다.

"없는데도 있는 척, 있는데도 없는 척 적을 속여서 물리치는 게 허허실실 작전이오."

"위나라에는 병사 이천 명이 탈 수 있는 용배가 열 척이나 있답니다."

"용배가 아무리 크면 뭐하겠소? 내가 허수아비와 생선 기름만 가지고 용배를 물리칠 테니 두고 보시오."

서성은 장수들에게 하나씩 명령을 내렸습니다.

마침내 조비가 장강에 이르렀습니다. 그런데 강 건너편에는 아무런 움직임도 보이지 않았습니다.

"우리가 무서워서 적들이 모두 도망쳤나 봅니다."

신하들이 입을 모아 아첨을 떨었습니다. 조비는 좋아서 껄껄 웃었습니다.

"좋소. 내일 아침에 장강을 건너 오나라 땅으로 쳐들어가도록 합시다."

조비는 마음 놓고 하룻밤을 푹 쉬었습니다. 서성의 허허실실 작전이 하나씩 맞아떨어지고 있었습니다.

그날 밤, 장강 위로 안개가 자욱이 끼었습니다. 한 치 앞도 내다볼 수 없는 짙은 안개였습니다.

날이 밝자 조비는 다시 강 건너편을 살폈습니다. 마침 바람이 세차게 불며 짙은 안개가 흩어졌습니다.

"아니, 저게 무엇이냐?"

용배에 올라 강 건너편을 살피던 조비가 깜짝 놀랐습니다. 강 건너편에는 어느새 높은 성벽이 세워져 있었습니다. 그 위로 수많은 병사들이 늘어서 있었고, 병사들의 손에는 깃발이 들려 있었습니다.

"어떻게 하룻밤 사이에 성을 세우고, 저렇게 많은 병사들을 데리고 왔단 말이냐? 참으로 귀신같구나."

그러나 그것은 모두 서성이 꾸민 속임수였습니다.

서성은 안개가 자욱이 낀 밤 동안 돌을 날라서 겉모양만 성처럼 꾸몄습니다. 그리고 그 위에 허수아비를 잔뜩 만들어 깃발과 함께 세워 두었습니다. 조비가 본 것은 모두

가짜였습니다.

"오나라의 대군이 저렇게 철통같이 지키고 섰는데 쉽게 나아가 싸울 수 없다."

조비가 한숨을 쉬는 그때 낙양에서 심부름꾼이 급히 달려왔습니다.

"지금 촉나라의 조운이 낙양으로 쳐들어온답니다."

"뭐야? 그렇다면 어서 낙양으로 돌아가자."

조비는 용배를 돌려 왔던 길로 되돌아갔습니다. 그때 오나라의 배들이 무서운 기세로 달려들었습니다.

"이놈들이 몰래 숨어 있었구나. 어서 물러가자!"

조비와 군사들은 용배를 타고 나아가 갈대숲 속으로 숨었습니다.

그런데 갑자기 우거진 갈대숲에서 불길이 확 일어났습니다. 서성이 불에 잘 타는 생선 기름을 갈대숲에 뿌려 두고 위나라의 용배가 나타나자 불을 지른 것입니다.

마침 바람도 거세게 불었습니다. 불길이 조비가 탄 용배까지 덮치자 장수들은 조비를 작은 배에 옮겨 태우고 강변으로 도망쳤습니다.

조비는 겨우 살아서 낙양으로 돌아갔습니다. 조비가 낙양으로 돌아가자 북쪽에서 위나라를 공격하려던 조운도 성도로 돌아갔습니다.

이렇게 위나라와 오나라가 싸우는 동안 촉나라는 아주 평화로운 나날을 보냈습니다. 어느덧 유선이 황제가 된 지도 삼 년이 흘렀습니다. 제갈량은 새 황제 유선을 받들고 오로지 백성들을 위해서 일했습니다.

촉나라에는 도둑이 모두 사라져 백성들은 마음 놓고 자기 할 일을 할 수 있었습니다. 게다가 해마다 풍년이 들어 곳간은 곡식으로 넘쳤습니다.

"언제나 이렇게 평화롭다면 얼마나 좋을까?"

백성들은 하루하루 기쁨에 넘쳐서 살았습니다. 그러던 어느 날, 난데없이 나쁜 소식이 들려왔습니다.

"남만의 왕 맹획이 우리 땅으로 쳐들어왔습니다."

남쪽 고을을 지키던 장수가 제갈량에게 사람을 보내 소식을 전했습니다. 제갈량이 놀라서 되물었습니다.

"남만은 지난번에도 조비를 도와서 우리를 노리지 않았느냐? 그런데 이번에는 혼자서 쳐들어왔단 말이지?"

"예. 이미 맹획에게 남쪽 고을들을 빼앗겼습니다."

제갈량은 생각에 잠겼습니다.

촉나라의 남쪽은 중국 땅이 아닙니다. 그곳에는 다른 민족들이 세운 여러 나라가 있었습니다. 그 가운데 남만이라는 나라가 가장 크고 힘이 셌습니다.

남만은 산이 깊고 밀림이 우거진 땅입니다. 열대 지방에 가까워서 무더운 날이 많은 곳입니다. 또 멀리 남쪽의 여러 나라 상인들이 중국으로 오갈 때 지나는 곳입니다. 그래서 예부터 중국 사람들은 남만을 소중히 여겼습니다.

남만은 오래전부터 한나라에 항복해 다스림을 받았습니다. 하지만 한나라가 망하자 남만의 왕 맹획도 마음이 달라졌습니다.

"이 기회에 나도 힘 있는 나라를 세워 보자."

맹획은 먼저 가까운 촉나라 땅을 빼앗기로 마음먹고, 위나라와 친하게 지냈습니다. 지난번 조비가 다섯 길로 촉나라에 쳐들어갈 때 맹획도 한 길을 맡았습니다.

'남만을 이대로 두면 앞으로 두고두고 근심이 되겠구나. 이번 기회에 남만을 무찔러 버리자.'

제갈량은 서둘러 황제 유선을 만나러 갔습니다.

"폐하, 맹획에게 항복을 받고 돌아오겠습니다."

그러나 유선은 근심스런 표정을 지었습니다.

100

"승상이 성도를 떠나면 위나라와 오나라가 가만히 있을까요?"

"위나라는 이번에 오나라에게 크게 져서 싸울 힘이 없습니다. 또 오나라는 우리와 손을 잡지 않았습니까? 적들이 쳐들어와도 마초와 여러 장수가 있으니 걱정 마십시오."

얼마 뒤 제갈량은 오십만 대군을 이끌고 남만으로 떠났습니다. 제갈량은 조운과 위연을 대장으로 삼고 마초와 요화는 성도에 남겨 두었습니다.

"뭐, 공명이 오십만 대군을 이끌고 온다고?"

맹획은 깜짝 놀라서 자기 나라로 도망쳐 버렸습니다. 제갈량은 싸우지도 않고 잃었던 땅을 되찾았습니다.

그래도 제갈량은 멈추지 않았습니다. 이번 기회에 맹획을 사로잡아 항복을 받아 낼 생각이었습니다. 제갈량은 남쪽의 영창성으로 갔습니다. 영창성만 지나면 바로 남만 땅입니다.

영창성은 여개라는 장수가 지키고 있었습니다. 여개는 제갈량에게 남만 땅을 그린 지도를 주었습니다. 지도를 얻은 제갈량은 크게 기뻐했습니다. 그리고 여개에게 군사를 안내하는 일을 맡겼습니다.

이때 성도의 유선이 제갈량에게 술과 비단을 보냈습니다. 술과 비단이 든 수레를 이끌고 온 사람은 마속이었습니다. 마속은 백미 선생 마량의 동생입니다. 마속도 마량만큼 머리가 좋고 뛰어난 사람으로 죽은 마량을 대신해서 유선을 도왔습니다. 제갈량은 마속과 함께 맹획과 싸울 일을 의논했습니다.

"그대가 백미 선생을 대신해서 나를 도와주시오. 우리가 이번 싸움에서 어떻게 해야 이기겠소?"

"지금 우리 힘이라면 얼마든지 맹획을 이길 수 있습니다. 하지만 이번 싸움은 힘으로만 이겨서는 안 됩니다."

"무슨 말씀이오? 맹획만 항복시키면 되지 않겠소?"

"이번에 맹획을 힘으로 항복시키면 언젠가 또다시 우리 땅을 노릴 것입니다. 그러니 맹획의 마음을 사로잡아야 합니다. 창과 칼로 이기는 것은 그 다음이지요."

마속의 말에 제갈량은 감탄하며 고개를 끄덕였습니다.

마침내 제갈량은 대군을 이끌고 남만 땅으로 들어갔습니다. 놀란 맹획이 부하 장수들을 불러 모았습니다. 맹획은 금환삼결, 동도나, 아회남이라는 세 장수에게 명령을 내렸습니다.

"세 사람은 병사 오만씩을 거느리고 공명을 공격하라.
이기는 사람에게는 대장군 벼슬을 내리겠다."

명령이 떨어지자 세 장수는 앞을 다투어 군사를 이끌고
나가 제갈량의 진지 가까이에 진지를 세웠습니다. 제갈량
이 이 소식을 듣고 조운과 위연을 불렀습니다.

'조운과 위연의 마음을 흔들어서 적을 무찔러야겠군.'

조운과 위연이 기다리고 있었다는 듯이 달려왔습니다.

"두 장군이 나이가 많고 이곳 지리도 잘 모르니 걱정이오. 아무래도 다른 장수를 보내야 할 것 같소."

제갈량이 무시하는 투로 말하자 두 사람은 풀이 죽었습니다. 그날 밤, 조운과 위연은 진지에서 따로 만났습니다.

"승상이 우리를 무시하는구려. 우리가 적을 무찔러서 힘을 보여 줍시다."

"옳습니다. 지금 당장 쳐들어갑시다."

두 사람은 곧장 군사를 이끌고 어둠을 헤쳐 나갔습니다. 새벽녘에 적의 진지에 이르렀습니다.

그때 남만 병사들은 아침밥을 짓고 있었습니다. 먼저 조운이 창을 꼬나들고 금환삼결의 진지로 쳐들어갔습니다. 깜짝 놀란 남만 병사들이 어쩔 줄을 몰라했습니다. 어떤 병사는 솥을 뒤엎으며 넘어지고, 어떤 병사는 세수하다가 도망쳤습니다.

조운은 남만 병사들 속으로 뛰어들어 마구 창을 휘두르다가 금환삼결과 마주쳤습니다.

"오랑캐 두목은 내 창을 받아라!"

조운이 소리치며 단번에 금환삼결을 쓰러뜨렸습니다. 그러자 남은 병사들이 무기를 버리고 항복했습니다.

위연은 다른 진지로 뛰어들었습니다. 남만 병사들은 이번에도 놀라서 뿔뿔이 도망쳤습니다. 맹획의 두 장수 동도나와 아회남도 쏜살같이 달아났습니다.

조운과 위연은 크게 이기고 진지로 돌아갔습니다. 마중을 나온 제갈량이 껄껄 웃었습니다.

"내가 일부러 두 장군을 화나게 해서 적을 무찌르게 했소. 나를 용서하시오."

"아닙니다. 마땅히 해야 할 일을 했을 뿐입니다."

그제야 조운과 위연도 웃었습니다.

제갈량이 웃음을 거두며 말했습니다.

"두 장군은 한 장수를 죽였지만, 나머지 두 장수는 내가 잡았소."

병사들이 동도나와 아회남을 묶어서 끌고 왔습니다.

"두 장군이 진지를 들이치면 남만 병사들이 산길로 도망칠 것을 헤아려 우리 군사를 숲 속에 숨겨 두었지요. 그래서 도망치는 저 두 장수를 잡았소."

"과연 승상의 작전은 귀신같습니다."

조운과 위연이 머리를 숙이며 감탄했습니다. 제갈량은 사로잡은 동도나와 아회남을 묶은 밧줄을 풀어 주었습니다. 그리고 좋은 옷을 입혀 주고 음식을 먹였습니다.

　"너희를 살려 줄 테니 돌아가거든 좋은 일을 하며 살도록 하여라."

　"승상, 감사합니다."

　동도나와 아회남이 눈물을 흘리며 절을 했습니다. 두 장수가 떠난 뒤 제갈량이 다시 명령을 내렸습니다.

　"내일 맹획이 싸우러 올 테니 사로잡도록 합시다."

　다음 날, 과연 맹획이 군사를 거느리고 싸우러 왔습니다. 맹획은 털이 곱슬곱슬한 붉은 말을 타고 있었습니다. 우락부락한 얼굴에는 검은 수염이 나 있었습니다. 허리에 찬 두 자루 보검이 번쩍거렸습니다.

　"공명아, 오늘 너에게 내 힘을 보여 주겠다!"

　맹획은 보검을 빼들고 달려들었습니다. 그런데 제갈량의 장수들은 어찌된 일인지 겁을 먹고 도망쳤습니다. 이것을 본 맹획은 신이 나서 뒤쫓았습니다. 제갈량은 연달아 두 번이나 싸움에서 졌습니다.

　"맹획은 제 힘만 믿는 자이니 속여서 잡아야 한다."

제갈량은 일부러 지는 척했던 것입니다. 맹획은 그것도 모르고 제갈량의 진지 안으로 뛰어들었습니다. 그러자 숨어 있던 병사들이 맹획을 포위했습니다.

"이런, 내가 속았구나!"

맹획은 간신히 포위를 뚫고 산속으로 도망쳤습니다. 그때 갑자기 한 떼의 군사가 맹획을 가로막았습니다.

"상산의 호랑이 조자룡이 여기 있다!"

조운이 달려들어 맹획의 부하들을 창으로 베고 찔렀습니다. 맹획은 간이 콩알만 해져서 숲 속으로 달아났습니다.

그런데 숲길이 너무 좁아서 말이 지나갈 수 없었습니다. 맹획은 말을 버리고 재빠르게 뛰었습니다. 맹획이 숨을 헐떡거리며 막 고개를 넘을 때였습니다.

"이놈 맹획아, 네가 촉나라의 장군 위연을 아느냐!"

북소리가 골짜기를 울리며 위연이 나타났습니다. 위연은 제갈량이 시킨 대로 고개 위에서 기다리고 있었습니다.

위연은 그물을 던져 맹획을 사로잡았습니다. 맹획을 뒤따르던 무리도 모조리 잡혔습니다.

제갈량은 소를 잡고 맛 좋은 음식을 마련하여 잔칫상을 차렸습니다. 얼마 뒤 위연이 맹획과 부하들을 묶어서 끌고 왔습니다. 제갈량은 맹획의 부하들에게 술과 음식을 배불리 먹인 뒤 모두 풀어 주었습니다.

"너희는 죄가 없다. 어서 가족에게 돌아가 착하게 살도록 해라."

맹획의 부하들은 눈물을 흘리며 절을 하고 돌아갔습니다.

제갈량은 남만 사람들의 마음을 사로잡은 것입니다. 이번에는 맹획에게 말했습니다.

"사로잡혔으니 마음을 바쳐 항복하겠느냐?"

"나는 속임수에 빠져 잡혔다. 정정당당하게 싸웠다면 이겼을 것이다."

"그래? 그럼 살려 줄 테니 돌아가서 군사를 모아 다시 오너라."

"내가 다시 사로잡히면 그때는 마음으로 항복하겠다."

맹획이 커다란 눈을 번뜩이며 대꾸하자 제갈량은 미소를 지으며 맹획을 묶은 밧줄을 풀어 주었습니다. 장수들이 의아해하며 제갈량에게 물었습니다.

"어렵게 잡았는데 왜 놓아주십니까?"

"맹획은 얼마든지 다시 잡을 수 있소. 하지만 나는 맹획의 마음을 사로잡고 싶소."

맹획은 제갈량에게서 풀려나자 노수를 건너 도망쳤습니다. 노수는 남만 한가운데로 흐르는 큰 강입니다. 맹획은 흩어진 병사들을 불러 모았습니다.

"강에 있는 배와 뗏목을 모조리 치워라. 그러면 공명은 물살이 거센 노수를 건너지 못할 것이다."

맹획은 또 강변을 따라 높다랗게 흙성을 쌓고 군량을 모두 성안으로 옮겼습니다. 성 위에는 화살과 돌을 모아 두었습니다.

"여기서 쉬다가 공명이 돌아가면 뒤쫓아서 물리치자."

맹획은 성으로 들어가 촉나라 군사의 군량이 떨어지기만을 기다렸습니다.

한편, 제갈량은 맹획을 뒤쫓아 노수 강가에 이르렀습니다. 그러나 배 한 척, 뗏목 하나도 보이지 않았습니다.

"맹획이 우리를 지치게 할 셈이로군."

제갈량은 거센 물살을 보며 중얼거렸습니다.

무더운 날씨가 계속 이어졌습니다.

"시원한 밀림 속에 진지를 세우고 병사들을 쉬게 하라."

제갈량이 명령하자 장수들이 걱정했습니다.

"돌아가신 폐하께서 육손과 싸우던 일을 잊으셨습니까? 그때 숲 속에 진지를 세웠다가 크게 지지 않았습니까?"

"내가 이미 다 준비하고 있으니 염려 마시오."

제갈량은 여개가 준 지도를 보며 작전을 궁리했습니다.

"이번에는 적의 손으로 맹획을 사로잡아 보자."

제갈량은 마대를 불렀습니다. 마대는 촉나라의 대장군

마초의 아우였습니다.

"여기서 백오십 리를 내려가면 강물이 아주 얕지요. 장군은 그곳을 건너가 적의 군량을 빼앗으시오. 그러면 적이 반드시 막으러 올 것이오. 그때……."

제갈량은 갑자기 소리를 낮추어 속삭였습니다.

마대는 제갈량이 시킨 대로 노수를 건너가서 적의 군량을 빼앗았습니다. 맹획은 깜짝 놀랐습니다.

"동도나와 아회남이 나가서 적을 물리쳐라!"

두 사람이 군사를 거느리고 나왔습니다. 마대는 두 사람을 보고 큰 소리로 꾸짖었습니다.

"우리 승상께서 너희 목숨을 살려 주었는데 어찌하여 은혜도 모르느냐?"

이 말에 두 사람은 부끄러워서 슬그머니 물러갔습니다. 마대는 제갈량이 시킨 대로 한 것입니다. 동도나와 아회남은 성으로 돌아가서 맹획에게 말했습니다.

"마대의 칼 솜씨가 워낙 뛰어나 이기지 못했습니다."

"뭐야? 공명에게 은혜를 갚으려고 일부러 지고 온 것이지?"

맹획은 화가 나서 두 사람에게 곤장 백 대를 때렸습니다.

두 사람은 정신을 잃고 부하들에게 업혀서 돌아갔습니다.

두 사람은 너무나 분했습니다. 두 사람은 다른 장수들을 보고 눈물을 글썽이며 말했습니다.

"차라리 몹쓸 맹획을 잡아 공명에게 바칩시다."

다른 장수들도 모두 찬성했습니다.

그날 밤, 두 사람과 장수들은 칼을 들고 맹획에게 달려갔습니다. 맹획은 술에 취해서 자고 있었습니다. 장수들은 맹획을 꽁꽁 묶어 제갈량에게 끌고 갔습니다.

제갈량이 맹획을 보고 웃으며 물었습니다.

"다시 잡히면 마음으로 항복하겠다고 했지? 이제는 항복할 테냐?"

그런데 맹획은 잔뜩 못마땅해하며 대꾸했습니다.

"나는 당신에게 잡힌 게 아니라 부하들에게 배신당한 것이오."

"그래?"

제갈량은 여전히 웃으며 맹획을 풀어 주고 술과 음식을 대접했습니다. 그리고 촉나라 군사의 진지를 보여 주었습니다. 진지 안에는 군량과 말먹이가 산더미처럼 쌓여 있었고, 칼과 창도 수없이 많았습니다. 제갈량은 그것들을

가리키며 물었습니다.

"자, 수많은 병사와 군량을 보았지? 어서 마음으로 항복해라. 항복하면 지금처럼 남만의 왕으로 삼아 주겠다."

맹획은 아주 공손하게 말했습니다.

"제가 항복하려 해도 부하들이 항복하려 하지 않습니다. 돌아가서 부하들을 설득해 함께 항복하러 오겠습니다."

제갈량은 기뻐하며 맹획을 돌려보냈습니다.

그러나 성으로 돌아온 맹획은 마음이 변했습니다.

"흥, 그까짓 공명에게 항복할 수는 없지. 나도 공명만큼 꾀를 쓸 수 있어."

맹획은 동생 맹우를 불렀습니다.

"내가 공명의 진지를 둘러보고 약점을 잘 알아두었다. 너는 보석을 가지고 가서 공명의 마음을 꾀어라. 내가 밤에 불을 지르며 쳐들어갈 테니 너는 공명을 사로잡아라."

명령을 받은 맹우가 제갈량을 찾아가 보석을 바쳤습니다.

"제 형님께서 승상께 바치는 선물입니다."

"너의 형은 왜 항복하러 오지 않느냐?"

"곧 군사를 거느리고 항복하러 오겠답니다."

제갈량은 맹우와 병사들에게 술과 음식을 대접했습니다.

그날 밤, 맹획은 군사를 이끌고 몰래 노수를 건넜습니다. 병사들은 불이 잘 붙는 물건들을 들고 있었습니다.

"공명은 멍청하다. 숲 속에 진지를 세우다니……."

맹획은 밀림 속에 있는 촉나라 군사의 진지를 불로 공격할 생각이었습니다.

맹획의 군사들은 불을 지르며 곧장 제갈량이 있는 진지로 뛰어들었습니다. 그런데 진지는 텅 비어 있었습니다. 다만 한 곳에 등불이 켜져 있었습니다.

맹획이 살펴보니 맹우와 부하들이 잔뜩 취해서 쓰러져 있었습니다. 제갈량이 술에다 약을 타 놓았던 것입니다.

"아차, 우리가 속았구나. 어서 돌아가자."

맹획이 말을 돌렸습니다. 그때 하늘과 땅을 울리는 요란한 함성이 일어나더니 불길이 치솟았습니다.

"맹획아, 너는 포위되었다!"

조운이 어둠 속에서 우렁차게 소리쳤습니다. 맹획은 부하들을 버리고 혼자서 도망쳤습니다.

맹획이 정신없이 말을 달려 노수에 이르니 마침 배 한 척이 눈에 띄었습니다. 배 위에는 남만 병사들이 타고 있었습니다. 맹획은 말을 버리고 배 위로 뛰어올랐습니다.

그때였습니다.

"저놈을 묶어라!"

이 소리와 함께 배 위에 있던 병사들이 한꺼번에 달려들었습니다. 맹획은 꼼짝없이 사로잡히고 말았습니다.

"우리는 네 부하로 변장하고 기다리고 있었다!"

소리친 사람은 마대였습니다. 마대는 제갈량의 명령대로 노수에서 맹획을 기다리고 있었습니다.

마대는 맹획을 제갈량에게 끌고 갔습니다. 제갈량이 껄껄 웃으며 물었습니다.

"자, 이번에는 항복하겠지?"

"내가 잡힌 건 아우의 탓이지 내 탓이 아니오."

"세 번이나 잡히고도 항복하지 않겠단 말이지?"

맹획은 머리를 숙인 채 말이 없었습니다.

제갈량이 말했습니다.

"항복하기 싫은 모양이구나. 다시 너를 놓아주겠다. 하지만 또다시 잡히면 그때는 절대 풀어 주지 않을 것이다."

"잘 알겠습니다."

맹획이 조그마한 목소리로 대답했습니다.

제갈량은 맹획과 부하들을 풀어 주었습니다.

맹획의 무리는 도망치듯이 노수를 건너갔습니다. 맹획은 부하들과 함께 자신의 고향 은갱동으로 달아났습니다.

"반드시 공명에게 원수를 갚고야 말겠다!"

맹획은 이를 갈며 남만의 여러 고을로 사람을 보냈습니다. 그래서 남만의 군사들을 은갱동으로 불러들였습니다. 맹획의 군사는 며칠 만에 수십만 대군이 되었습니다.

제갈량이 이 소식을 듣고 껄껄 웃었습니다.

"지난번에는 일부러 우리 진지를 보여 주어 맹획이 습격하게 만들었다. 이제 남만의 군사가 한곳에 모였다니 진짜 내 솜씨를 보여 주겠다."

제갈량은 자신 있게 말하며 작은 수레를 타고 은갱동을 향해 떠났습니다.

마음까지 사로잡은 승리

촉나라 군사가 서이하란 강에 이르렀습니다. 제갈량은 병사들을 시켜 대나무로 다리를 만들어 강을 건넜습니다. 그리고 진지를 세운 뒤 맹획을 기다렸습니다.

얼마 뒤 맹획이 수십만 대군을 이끌고 나타났습니다. 촉나라 병사들은 개미 떼처럼 몰려오는 적을 보고 잔뜩 겁을 먹었습니다. 제갈량도 용맹한 남만 병사들을 보고 크게 놀랐습니다.

"병사들은 나가 싸우지 말고 진지를 굳게 지켜라!"

제갈량은 남만 군사가 지칠 때까지 기다리기로 했습니다. 맹획과 남만 군사는 촉나라 군사가 며칠째 상대해 주지 않자 조금씩 지치기 시작했습니다. 제갈량은 적이 지친 것을 보고도 엉뚱한 명령을 내렸습니다.

"우리는 밤을 틈타서 강을 건너 되돌아간다. 진지에는 모닥불을 피우고, 깃발도 그대로 꽂아 두어라."

장수들은 고개를 갸우뚱하면서도 제갈량이 시킨 대로 했습니다. 제갈량은 조운과 위연을 몰래 불렀습니다.

"두 장군은 군사를 거느리고 밀림 속에 숨어 있도록 하시오."

밤새 나머지 촉나라 군사는 모두 강을 건너갔습니다. 맹획은 그것도 모르고 아침까지 진지 밖에서 싸움을 걸다가 날이 밝아서야 촉나라 군사가 물러간 것을 알았습니다.

"이것들이 내가 무서워 도망쳤구나."

맹획은 서둘러 뒤쫓으려고 강변으로 나갔습니다.

이때 뒤쪽 밀림 속에서 북소리가 울리며 촉나라 군사가 뛰쳐나왔습니다. 앞장선 장수는 조운이었습니다. 맹획과 남만 병사들이 서로 부딪치며 허둥대는 사이 조운의 군사가 달려들어 남만 병사들을 찌르고 베었습니다.

맹획은 산골짜기로 도망쳤습니다. 그런데 앞에서 제갈량이 수레를 타고 나타났습니다. 제갈량 주위의 병사들은 무기를 가지고 있지 않았습니다.

"맹획아, 내가 너를 네 번째로 사로잡으러 왔다!"

제갈량의 말에 맹획은 화가 나서 소리쳤습니다.

"지금이 공명을 사로잡을 때다. 한꺼번에 덮쳐라!"

남만 병사들이 소리를 지르며 달려 나갔습니다. 막 제갈량의 수레 앞에 이르렀을 때였습니다.

"어이쿠!"

갑자기 맹획과 병사들이 비명을 지르며 땅속으로 떨어졌습니다. 제갈량이 파 놓은 함정에 빠진 것입니다. 그때 위연이 나타나서 함정에 빠져 허우적거리는 맹획 형제와 병사들을 사로잡았습니다.

맹획은 밧줄에 묶여 네 번째로 제갈량 앞에 끌려갔습니다. 제갈량은 맹획을 보자 큰 소리로 꾸짖었습니다.

"이번에는 항복하겠느냐?"

"나는 이번에도 속았을 뿐이오."

맹획은 도무지 굽힐 줄을 몰랐습니다.

"허허허, 저놈이 입만 살았구나. 하지만 원한다면 또 살려 주마."

"다음에 또 잡히면 그때는 진심으로 항복하겠소."

제갈량은 이번에도 맹획과 남만 병사들을 풀어 주었습니다. 하지만 이미 남만 병사들은 마음속으로 제갈량에게 항복하고 있었습니다.

맹획 형제는 제갈량에게서 풀려나자 다시 싸울 일을 의논했습니다.

맹우가 형에게 말했습니다.

"도저히 공명을 이길 수 없습니다. 서쪽 독룡동에 사는 타사 대왕에게 가서 몸을 피합시다."

남만에는 여러 민족이 세운 작은 나라가 많이 있습니다. 독룡동도 타사라는 사람이 다스리는 작은 나라입니다. 맹획 형제는 흩어진 군사를 모아 독룡동으로 도망쳤습니다. 타사가 소식을 듣고 맹획을 마중 나왔습니다.

"제아무리 공명이라고 해도 이곳의 돌산과 절벽을 넘지는 못할 겁니다. 편히 쉬다 가십시오."

독룡동은 하늘을 찌를 듯한 돌산과 가파른 절벽으로 둘러싸여 있어 풀 한 포기 자라기 힘들었습니다.

독룡동으로 들어가는 길은 두 갈래뿐이었습니다. 한 길은 동쪽에 있고, 다른 길은 서쪽에 있습니다.

동쪽 길은 사람이 다닐 수 있고, 또 샘물도 있었습니다.

그런데 서쪽 길은 비좁고 가파른 길이었습니다. 독을 품고 있는 독사와 전갈도 수없이 많았습니다. 게다가 서쪽 길에 있는 샘물에는 무서운 독이 들어 있었습니다. 그 물을 마신 사람은 목이 타고 살가죽이 벗겨져서 죽었습니다. 맹획은 그것을 알고 동쪽 길로 들어왔습니다.

타사는 커다란 나무와 돌로 동쪽 길을 막았습니다.

"놈들이 서쪽 길로 들어오려다가 다 죽겠군, 하하하!"

맹획과 타사는 술을 마시며 편안하게 지냈습니다.

제갈량은 맹획을 뒤쫓아 독룡동 근처까지 왔습니다. 그런데 도무지 길을 찾을 수 없었습니다. 제갈량은 여개가 준 지도를 꺼냈습니다.

제갈량은 먼저 동쪽 길을 찾았습니다. 하지만 동쪽 길은 이미 나무와 돌로 막혀 있어서 들어갈 수 없었습니다. 제갈량은 아무것도 모른 채 서쪽 길로 접어들었습니다.

"휴, 목이 말라서 죽을 것 같아."

병사들은 더위와 갈증으로 지쳤습니다. 더구나 독사와 전갈에 손발이 물린 병사도 많았습니다. 그러다 앞선 병사들이 샘물을 발견했습니다.

"앗! 물이다!"

병사들은 너도나도 달려들어 벌컥벌컥 물을 마셨습니다. 그런데 물을 마신 병사들이 피를 토하며 쓰러졌습니다. 제갈량의 얼굴에는 근심이 가득했습니다.

　　제갈량은 무릎을 꿇고 하늘을 우러러보았습니다.

　　"우리를 도우시려거든 부디 물을 내려 주시고, 돕지 않으시려거든 차라리 여기서 죽여 주십시오."

　　제갈량은 하늘에 빌다가 그만 정신을 잃었습니다. 그런데 그때 한 노인이 나타났습니다. 노인은 가파른 언덕을 사뿐히 내려와 제갈량의 어깨를 흔들었습니다.

　　"어르신은 누구십니까?"

　　"걱정 마시오. 나는 승상을 도우러 왔습니다."

　　"지금 저희 병사들은 물을 마시지 못해 지쳐 있고, 물을 마신 병사들은 독이 온몸에 퍼져 쓰러져 있습니다. 제발 저를 도와주십시오."

　　제갈량이 애원하자 노인은 미소를 지으며 말했습니다.

　　"십 리만 더 가면 시냇물이 있습니다. 그곳에서 목욕을 하면 독이 빠집니다. 또 그 시냇가에서 자라는 약초를 먹으면 벌레에 물려도 괜찮을 겁니다."

　　"갈 길이 먼데 다음에는 어디서 물을 구합니까?"

"땅을 파서 우물을 길어 마시면 됩니다."

"정말로 고맙습니다. 어르신은 누구십니까?"

"나는 이 고장의 산신령입니다. 승상은 이번에 꼭 이겨
서 한나라를 다시 일으키는 기틀을 마련하십시오."

노인은 이 말을 남긴 채 홀연 절벽 속으로 사라졌습니다.

제갈량은 번쩍 눈을 떴습니다.

"아, 꿈이었구나! 참으로 이상한 꿈이다."

제갈량은 고개를 갸웃거리며 병사들에게 외쳤습니다.

"십 리만 더 가면 시냇물이 있으니 힘을 내자."

제갈량은 병사들을 다독이며 앞으로 나아갔습니다. 십 리쯤 가니 정말 골짜기 한가운데로 흐르는 시냇물이 보였습니다. 병사들은 환호하며 시냇물로 뛰어들었습니다.

"뱀과 전갈에 물렸던 병사들이 말끔히 나았습니다."

"샘물을 마신 병사들도 나았습니다."

장수들이 제갈량을 보고 소리쳤습니다. 제갈량은 병사들에게 시냇가에서 자라는 약초를 따서 먹도록 했습니다.

얼마쯤 가자 병사들이 다시 목이 말라 지치기 시작했습니다. 제갈량은 꿈에 산신령이 한 말을 떠올렸습니다.

"병사들은 우물을 파라!"

병사들이 땀을 비 오듯 흘리며 땅을 팠습니다. 다음 날 새벽이 되자 노인의 말대로 땅에서 물이 나왔습니다. 병사들은 물을 실컷 마시고 밥도 지어 먹었습니다. 제갈량은 병사들을 둘러보며 말했습니다.

"하늘이 우리를 돕고 있으니 반드시 이길 것이다."

병사들은 더욱 힘을 얻어 앞으로 나아갔습니다. 제갈량과 촉나라 병사들은 온갖 고생 끝에 독룡동에 도착할 수 있었습니다.

제갈량이 독룡동까지 들어왔다는 소식이 전해지자 맹획은 깜짝 놀랐습니다.

"어떻게 그 험한 길을 뚫고 여기까지 왔지?"

"아무래도 하늘이 촉나라 군사를 돕고 있나 봅니다."

타사 대왕도 무서워서 싸울 마음이 없었습니다. 남만의 다른 장수들도 똑같은 생각이었습니다.

그때 은야동이란 고을을 다스리는 양봉이라는 사람이 있었습니다. 양봉은 촉나라 군사가 온 것을 알고 다섯 아들을 불렀습니다.

"공명은 우리 남만 사람들을 여러 번 살려 주었다. 그런데도 맹획은 정신을 차리지 못하는구나. 우리가 맹획을 사로잡아 공명에게 바치자꾸나."

"아버님의 말씀이 옳습니다. 저희가 돕겠습니다."

다섯 아들이 우렁차게 대답했습니다. 양봉과 다섯 아들은 은밀히 의논을 한 뒤 맹획을 찾아갔습니다.

"저희가 있는 힘을 다해 공명을 무찌를 테니 대왕께서는

아무 염려 마십시오.”

이 말을 들은 맹획은 크게 기뻐했습니다. 양봉이 다시 말
했습니다.

“저희가 대왕을 즐겁게 해 드리려고 칼춤을 잘 추는 여
자들을 데려왔으니 구경하십시오.”

곧 칼과 방패를 든 여자들이 춤을 추며 들어왔습니다. 남
만 병사들도 손뼉을 치며 노래를 부르기 시작했습니다. 흥
이 난 맹획이 막 술을 마시려고 할 때였습니다.

“저 두 놈을 묶어라!”

양봉이 소리치자 칼춤을 추던 여자들이 맹획과 타사를
에워쌌습니다. 양봉의 다섯 아들은 두 왕을 꽁꽁 묶어 버
렸습니다.

양봉은 맹획의 무리를 제갈량에게 끌고 갔습니다.

제갈량은 크게 기뻐하며 양봉과 다섯 아들에게 큰 상을
내렸습니다. 그리고 끌려온 맹획에게 물었습니다.

“너는 다섯 번째로 사로잡혔다. 이번에는 항복하겠지?”

하지만 맹획은 아주 못마땅한 얼굴로 대꾸했습니다.

“나는 내 동족에게 사로잡힌 것이지 당신에게 사로잡힌
것이 아니오. 죽일 거면 어서 죽이시오. 죽어도 항복하지

않겠소."

"그럼 이번에도 풀어 줄 테니 어디 다시 겨뤄 보자."

제갈량은 맹획을 다시 풀어 주었습니다. 맹획은 풀이 죽은 채로 허겁지겁 달아났습니다.

맹획은 독룡동을 떠나 고향인 은갱동으로 돌아갔습니다. 은갱동에는 맹획의 성과 궁전이 있었습니다. 맹획은 성으로 들어가 부하들과 함께 제갈량을 막을 궁리를 했습니다.

그러자 한 장수가 말했습니다.

"공명을 물리칠 사람이 꼭 한 사람 있습니다."

"그게 누구냐?"

"팔납동이라는 작은 나라를 다스리는 목록 대왕입니다. 목록 대왕은 코끼리를 타고, 호랑이며 표범, 이리 등 동물을 이끌고 싸우지요. 또 대왕의 병사들은 독사와 전갈로 적을 물리칩니다."

"그래? 어서 목록 대왕을 모셔 오너라."

맹획은 선물을 마련해 목록에게 보냈습니다. 그리고 타사를 은갱동 앞 삼강성으로 보내서 제갈량을 막게 했습니다.

얼마 뒤 제갈량이 군사를 거느리고 왔습니다. 제갈량은

기어코 맹획에게 항복을 받아 내기로 마음먹고 있었습니다.

은갱동으로 들어가려면 삼강성을 지나야 합니다. 조운과 위연의 군사가 삼강성 앞에 이르자 타사의 병사들이 성 위에서 어지럽게 활을 쏘았습니다.

남만 병사들이 쏘는 화살 끝에는 독이 잔뜩 묻어 있었습니다. 화살을 맞은 촉나라 병사들은 살이 썩으면서 죽었습니다. 놀란 제갈량이 군사를 이끌고 멀리 물러났습니다.

"공명도 별 것 아니군."

남만 병사들은 촉나라 군사가 겁이 나서 물러갔다고 여기고는 마음 놓고 푹 쉬었습니다. 그러던 어느 날, 제갈량이 장수들을 불러 모았습니다.

"모든 병사들에게 오늘 밤까지 자루를 하나씩 만들도록 하여라. 자루가 없는 병사에게는 큰 벌을 내리겠다."

날이 저물자 제갈량이 다시 명령을 내렸습니다.

"병사들은 자루에 흙을 담아 어깨에 둘러메라."

밤이 깊었습니다. 제갈량이 또다시 명령을 내렸습니다.

"병사들은 흙자루를 들고 삼강성으로 달려가라."

병사들이 우르르 삼강성으로 달려갔습니다. 제갈량은 흙자루를 성벽에 던져 쌓게 했습니다.

"가장 먼저 성에 오르는 사람에게 큰 상을 주겠다!"

제갈량이 소리치자 병사들은 너도나도 쌓인 흙자루를 밟고 함성을 지르며 성 위로 올라갔습니다. 촉나라 병사들은 성안으로 들어가 닥치는 대로 적을 찔렀습니다.

촉나라 군사는 금세 삼강성을 차지해 버렸습니다. 이 싸움에서 타사는 목숨을 잃고, 수많은 남만 병사들이 항복했습니다.

제갈량은 삼강성을 빼앗고 그대로 맹획의 성으로 달려갔습니다. 맹획은 어찌할 바를 몰라 허둥댔습니다.

"목록 대왕께서는 아직도 소식이 없느냐?"

그때 한 여자가 웃으며 말했습니다.

"무엇이 그리도 무섭습니까?"

바로 맹획의 아내 축융 부인이었습니다. 축융 부인은 말도 잘 타고 힘도 셌습니다. 그리고 단도를 잘 던졌는데 달리는 말 위에서 날아가는 새도 맞힐 정도였습니다.

"제가 당신을 위해 나가서 싸우겠어요."

축융 부인은 등에 단도 다섯 자루를 꽂고 손에 긴 창을 들고 달려 나갔습니다.

제갈량은 장억이라는 장수를 내보냈습니다. 두 사람은

벌판에서 만나 창을 들고 싸웠습니다. 잠시 뒤 축융 부인이 말을 돌려 달아나는 척하다가 장억을 향해 날쌔게 단도를 던졌습니다.

장억이 왼쪽 어깨에 단도를 맞고 말에서 떨어졌습니다. 그러자 남만 병사들이 달려들어 장억을 사로잡았습니다.

이번에는 마충이 축융 부인에게 달려들었습니다. 축융 부인이 다시 단도를 던졌습니다. 마충은 축융 부인의 단도를 피하려다 말 위에서 떨어지고 말았습니다. 다시 남만 병사들이 달려들어 마충을 잡아갔습니다.

축융 부인은 장억과 마충을 꽁꽁 묶어서 성으로 돌아갔습니다. 맹획은 기뻐하며 잔치를 벌였습니다.

제갈량이 이 소식을 듣고 위연과 마대를 불렀습니다. 제갈량은 두 장수에게 나직이 명령을 내렸습니다.

이튿날 위연이 달려와 싸움을 걸었습니다.

"그까짓 장난감 같은 단도는 내가 상대해 주마."

축융 부인이 화가 나서 위연에게 달려들었습니다. 위연은 말을 돌려 달아나며 쉬지 않고 약을 올렸습니다. 축융 부인은 더욱 화가 나서 계속 위연을 뒤쫓았습니다.

어느새 축융 부인이 산길로 들어섰을 때였습니다. 숲 속에 있던 마대의 군사가 던진 밧줄에 축융 부인의 말이 걸려 쓰러졌습니다. 축융 부인은 비명을 지르며 땅으로 떨어졌습니다.

마대와 병사들이 달려들어 축융 부인을 꽁꽁 묶었습니다. 제갈량은 맹획에게 축융 부인과 장억, 마충을 맞바꾸자고 했습니다.

맹획은 제갈량의 말을 따를 수밖에 없었습니다.

맹획이 잔뜩 화가 나 있는데 마침내 기다리던 목록 대왕이 도착했습니다. 맹획은 뛸 듯이 기뻐하며 달려 나갔습니다.

목록은 집채만 한 코끼리를 타고 있었습니다. 목에는 금과 보석을 꿰어 만든 목걸이를 하고 있었습니다. 손에 든 도끼창이 햇빛을 받아 번쩍거렸습니다.

그 뒤로 병사들이 호랑이며 표범, 코뿔소와 이리 떼를 거느리고 나타났습니다. 목록의 병사들은 얼굴은 시커멓고 머리에는 삿갓 모양의 모자를 쓰고 있었습니다.

"목록 대왕, 부디 내 원수를 갚아 주시오."

"염려 마시오. 내가 단번에 공명을 없애 버리겠소."

이튿날, 목록은 군사를 거느리고 싸우러 나섰습니다.

조운과 위연이 소식을 듣고 맞서 나왔습니다.

"아니, 저건 또 뭐냐?"

두 사람은 목록의 군사를 보고 깜짝 놀랐습니다. 목록은 껄껄 웃으며 손에 들고 있는 종을 흔들었습니다. 그러자 갑자기 호랑이와 표범과 이리 떼가 한꺼번에 촉나라 병사들에게 달려들었습니다.

"사람 살려!"

촉나라 병사들은 맹수들에게 물리고 찢겨 비명을 질렀습니다. 창이나 칼도 날쌘 맹수들에게는 아무 소용이 없었습니다. 조운과 위연도 비명을 지르며 도망쳤습니다.

촉나라 병사들은 앞을 다투어 삼강성까지 달아났습니다. 제갈량은 서둘러 성문을 닫아걸었습니다. 그제야 목록은 종을 흔들어 맹수들을 불러들였습니다.

제갈량은 조운과 위연에게 미소를 지으며 말했습니다.

"내게 좋은 생각이 있소. 나도 맹수를 써서 적을 물리칠 참이오. 눈에는 눈, 이에는 이로 싸우겠소."

제갈량은 병사들 가운데 목수들을 불렀습니다. 목수들이 모이자 제갈량은 종이 한 장을 내놓았습니다.

"너희는 나무를 베어서 이 그림대로 백 개를 만들어라.

오늘 밤까지는 다 끝내야 한다."

목수들이 만든 것은 커다란 짐승 모양을 한 나무 인형이었습니다. 주둥이에는 쇠로 만든 이빨이 박혀 있었고, 발톱은 뾰족한 송곳이었습니다. 네 발바닥에는 바퀴가 달려 있어서 수레처럼 끌 수도 있었습니다.

짐승 인형은 모두 백 마리였습니다. 얼마나 큰지 안에 열 사람이나 들어갈 수 있었습니다.

"화약과 불에 잘 타는 기름을 갖고 안으로 들어가라."

제갈량은 병사 천 명을 뽑아서 열 명씩 짐승 인형 안에 들어가게 했습니다.

날이 밝자 제갈량은 군사를 거느리고 싸우러 나갔습니다. 병사들은 몇 사람씩 무리를 지어 짐승 인형 백 마리를 끌었습니다. 제갈량이 오자 목록은 우쭐대며 비웃었습니다.

"오늘은 공명에게 따끔한 맛을 보여 줘야겠군."

목록이 종을 몇 번 흔들었습니다. 곧 맹수들이 사납게 울부짖으며 제갈량에게 달려들었습니다. 촉나라 병사들도 짐승 인형을 밀고 나갔습니다.

짐승 인형은 커다란 몸집을 자랑하며 쇠 이빨을 번뜩였습니다. 게다가 입을 쩍쩍 벌리며 불을 토해 내기도 했습니다. 모두가 짐승 인형 안에서 병사들이 조종하는 것이었습니다. 짐승 인형들은 진짜 맹수들을 불로 태우고 뾰족한 발톱으로 찔렀습니다.

목록의 맹수들이 비명을 지르며 뒷걸음질쳤습니다. 맹수들은 돌아서서 도리어 목록의 병사들을 물어뜯었습니다. 목록의 병사들이 수없이 쓰러졌습니다.

목록이 탄 코끼리도 놀라서 펄쩍 뛰었습니다. 그 바람에 땅으로 떨어진 목록은 코끼리 발에 밟혀 죽었습니다.

맹획의 무리가 성 위에서 싸움을 구경하고 있다가 마침내 항복했습니다. 맹획은 제갈량 앞에 엎드려 절을 올렸습니다.

제갈량은 맹획에게 큰 소리로 물었습니다.

"자, 이제는 진심으로 항복하겠지?"

"이번에는 당신이 사로잡은 게 아니라 내 발로 걸어 들어왔소. 나는 죽더라도 진심으로 항복은 못 하겠소."

"벌써 여섯 번째인데도 항복하지 못하겠단 말이냐?"

"일곱 번째로 잡히면 정말로 항복하겠소. 맹세하오."

"좋다. 어디 네 마음대로 해 보아라."

제갈량은 맹획을 또 풀어 주었습니다.

맹획에게는 이제 병사도 거의 없었습니다. 제갈량이 사로잡아서 모두 고향으로 돌려보냈기 때문입니다. 맹획은 겨우 천여 명의 병사를 거느리고 달아났습니다.

"이제 어디로 가야 한단 말이냐!"

맹획이 한숨을 내쉬자 한 장수가 말했습니다.

"동쪽에 올돌골이 다스리는 오과국이라는 작은 나라가 있습니다."

"그곳이라면 공명을 막을 수 있겠느냐?"

맹획이 묻자 장수는 거침없이 대답했습니다.

"오과국 병사들은 산 짐승을 잡아먹고 사는 무서운 사람들입니다. 게다가 가볍고 단단한 등나무에 기름을 발라서 갑옷으로 만들어 입습니다. 그래서 강을 건너도 물에 뜨고, 칼이나 화살에도 끄떡없답니다."

"그게 정말이냐?"

맹획은 기뻐하며 오과국으로 떠났습니다. 오과국은 과연 이상한 곳이었습니다. 집은 하나도 없고 모두들 토굴을 파고 살았습니다. 사람들은 천으로 된 옷을 입지 않고 단단한 등나무 갑옷을 입고 있었습니다.

맹획은 올돌골을 만나 눈물을 흘리며 하소연했습니다.

올돌골은 맹획의 말을 듣고 고개를 끄덕였습니다.

"내가 원수를 갚아 드리겠습니다."

올돌골은 곧 삼만 명의 군사를 거느리고 제갈량과 싸우러 나갔습니다. 올돌골이 이끄는 오과국 군사는 도화수라는 강에 이르렀습니다.

"이곳에 진지를 세우고 공명을 기다리자."

제갈량도 도화수 강변에 진지를 세웠습니다. 이제 강을 사이에 두고 오과국 군사와 맞서게 되었습니다.

올돌골은 병사들에게 소리쳤습니다.

"병사들은 강을 건너 적을 공격하라!"

오과국 병사들이 배도 타지 않고 강물로 뛰어들었습니다. 가벼운 등나무 갑옷 때문에 몸이 물에 둥둥 떴습니다.

오과국 병사들은 가볍게 헤엄쳐서 도화수를 건넜습니다. 촉나라 병사들이 화살을 쏘았지만 화살은 등나무 갑옷을 맞고 힘없이 땅으로 떨어졌습니다. 창도 등나무 갑옷을 꿰뚫지 못했습니다.

오과국 병사들은 칼과 쇠몽둥이를 들고 달려들었습니다. 촉나라 병사들이 칼과 쇠몽둥이를 맞고 그대로 쓰러졌습니다.

"어서 후퇴하라!"

위연은 크게 지고 진지로 물러갔습니다.

제갈량은 여개와 함께 산 위로 올라가 이곳저곳을 살폈습니다. 그러다 사방이 깎아지른 절벽으로 막힌 골짜기를 발견했습니다. 제갈량이 두 눈을 반짝이며 말했습니다.

"바로 저 골짜기 안이 올돌골과 오과국 병사들이 묻힐 곳이다. 등나무 갑옷이 아무리 단단하고 물에 잘 뜬다고 해도 불에는 당하지 못한다."

제갈량은 곧 진지로 돌아가서 위연을 불렀습니다.

"위연 장군이 나가서 적과 싸우시오. 하지만 절대로 이기지 말고 지기만 하시오. 내가 흰 깃발을 꽂아 둘 테니 그것만 보고 도망치시오."

위연은 오과국 진지로 쳐들어가서 싸움을 걸었습니다. 그러자 올돌골과 오과국 병사들이 달려 나왔습니다.

올돌골이 무섭게 뒤쫓아 오자 위연은 진지를 버리고 깃발 쪽으로 도망쳤습니다. 올돌골은 진지를 쉽게 빼앗고 몹시 좋아했습니다.

"이제 보니 공명도 별 수 없군."

이튿날, 위연이 또 싸움을 걸어오자 올돌골은 부리나케

싸우러 나왔습니다. 하지만 위연은 다시 흰 깃발만 보고 달아났습니다.

오과국 병사들은 닷새 동안 촉나라의 진지 일곱 개를 빼앗았습니다. 올돌골은 아주 신이 났습니다. 엿새가 되는 날, 위연은 또다시 싸움을 걸었습니다.

"저놈이 아직도 정신을 차리지 못하고 있구나."

올돌골은 위연을 비웃으며 맞서 나왔습니다. 위연은 몇 차례 싸우다가 또 말을 돌려 달아났습니다. 멀리 골짜기로 들어가는 길에 흰 깃발이 보였습니다. 위연은 그곳으로 내달렸습니다.

"이놈들아, 왜 도망만 치느냐!"

올돌골은 위연을 뒤쫓아 골짜기 안으로 들어갔습니다. 그런데 도망치던 위연과 촉나라 군사는 한 사람도 보이지 않았습니다. 그 대신 검은 수레들이 쭉 늘어서 있었습니다.

그때 갑자기 산이 무너지는 소리가 나면서 절벽 위에서 커다란 바위들이 굴러 떨어졌습니다. 바위들은 골짜기로 들어오는 길을 모두 막아 버렸습니다. 곧이어 불붙은 나무가 비 오듯 떨어지기 시작했습니다.

"이건 뭐냐?"

불길은 검은 수레 위로 옮겨 붙었습니다. 그 순간 요란한 소리와 함께 수레들이 폭발했습니다. 검은 수레들은 화약을 잔뜩 넣은 폭탄이었습니다. 오과국 병사들이 입은 등나무 갑옷에 순식간에 불이 붙었습니다.

"으악, 불이야!"

그날 올돌골과 병사들은 골짜기에서 모두 타 죽었습니다. 그것을 본 제갈량은 눈물을 흘렸습니다.

"나라를 위해서 하는 일이지만 너무나 많은 사람이 죽는구나. 언젠가는 나도 천벌을 받을 것이다."

한편, 맹획은 새로 모은 남만 병사들을 이끌고 올돌골을 도우러 가고 있었습니다. 그런데 골짜기에서 큰 불이 일어나는 게 보였습니다.

"또 공명의 속임수에 빠졌구나!"

맹획이 놀라며 돌아섰습니다. 이때 사방에서 촉나라 병사들이 달려들었습니다. 촉나라 병사들은 또다시 맹획을 사로잡았습니다. 축융 부인과 가족들도 모조리 끌려왔습니다.

제갈량이 말했습니다.

"맹획과 가족들에게 맛있는 음식을 주고, 다시 싸우러

오도록 풀어 주어라."

그러자 맹획이 털썩 무릎을 꿇었습니다.

"승상, 이제는 마음을 바쳐 항복하겠습니다."

"정말이오?"

"목숨만 살려 주신다면 다시는 반란을 일으키지 않겠습니다."

맹획이 흐느끼자 제갈량은 맹획을 일으켜 세웠습니다.

"이제 되었소. 대왕은 계속 남만 땅을 다스리며 우리를 도와주시오. 우리 촉나라도 대왕을 돕겠소."

"승상의 은혜는 죽어도 잊지 않겠습니다."

일 년에 걸친 촉나라와 남만의 전쟁은 이렇게 해서 끝이 났습니다. 제갈량은 그동안 맹획을 일곱 번이나 사로잡고 풀어 주었습니다. 그래서 마침내 맹획의 마음까지 사로잡은 승리를 거두었습니다.

제갈량의 출사표

　남만의 왕 맹획이 제갈량에게 항복하자 남만의 다른 여러 나라도 제갈량에게 항복했습니다.

　마침내 제갈량은 촉나라로 돌아가기로 했습니다. 맹획과 남만 백성들이 배웅하려고 멀리까지 따라왔습니다.

　제갈량의 대군이 노수에 이르렀을 때였습니다. 갑자기 바람이 불더니 강물이 거세게 출렁거렸습니다. 도저히 배를 띄워 강을 건널 수가 없었습니다. 제갈량이 놀라자 맹획이 말했습니다.

　"물 귀신들이 화를 내는 모양입니다."

"그러면 어떻게 해야 강을 건널 수 있소?"

"산 사람의 머리 마흔아홉 개를 강물에 던지십시오."

"뭐요? 어떻게 산 사람의 머리를 베서 던진단 말이오?"

제갈량은 두 눈을 크게 뜨며 놀랐습니다.

"촉나라 군사 일천여 명과 촉나라 군사와 싸우다가 죽은 남만 병사들을 위해서 제사를 지내겠소. 하지만 산 사람의 머리를 제물로 쓸 수는 없소. 그건 미신이오."

제갈량은 요리하는 병사를 불렀습니다.

"밀가루를 반죽해서 쇠고기와 양고기를 다져 넣고 사람 머리 모양으로 만들어라. 마흔아홉 개를 만들거든 솥에 찌도록 하여라."

제갈량은 그 이름을 만두라고 하고, 사람 머리 대신 만두로 제사를 지냈습니다. 제갈량은 깨끗한 옷으로 갈아입고 절을 올렸습니다.

"강물에 빠져 죽은 촉나라 병사들은 들으시오. 그대들은 나라를 위해 싸우다 죽었소. 내가 돌아가면 그대들의 가족을 잘 보살피겠소. 그러니 아무 염려 말고 편히 잠드시오. 남만의 병사들도 이곳 사람들이 늘 넋을 위로할 테니 노여움을 푸시오."

제갈량은 무릎을 꿇고 만두를 강물에 던졌습니다. 제갈량이 뜨거운 눈물을 흘리자 병사들도 울었습니다.

이튿날 아침이 밝자 바람이 멎고 강물은 고요히 흐르고 있었습니다. 제갈량의 만두가 죽은 병사들의 영혼을 위로한 것입니다.

촉나라 군사는 무사히 노수를 건넜습니다. 맹획과 부하들도 제갈량에게 절을 하고 돌아갔습니다.

제갈량은 남만으로 떠난 지 꼭 일 년 만에 성도에 도착했습니다. 황제 유선은 제갈량과 장수들에게 상을 내렸습니다. 제갈량도 남만에서 죽은 병사들의 가족을 빠짐없이 보살펴 주었습니다.

다시 평화로운 날이 이어졌습니다. 제갈량은 백성을 위해 열심히 일했고, 백성들도 근심 없이 잘 지냈습니다. 하지만 제갈량에게는 한 가지 꿈이 있었습니다.

'이제 돌아가신 폐하의 뜻을 이어 한나라를 다시 일으켜 세울 때다.'

세 나라를 통일하여 한나라를 다시 세우는 게 제갈량의 꿈입니다. 다만 한 가지 걱정이 있었습니다.

'위나라에는 꾀 많은 사마의가 있으니 어쩐다?'

사마의는 제갈량의 염려대로 머리가 좋고 전쟁에 밝은 사람입니다.

이때 위나라의 도읍 낙양에서는 황제인 조비가 큰 병을 얻어 세상을 떠나고 말았습니다. 조비는 죽기 전에 대장군 조진과 사마의를 불렀습니다. 조진은 조비와 사촌형제이며 위나라에서 가장 높은 대장군입니다.

"내가 죽거든 그대들이 내 아들을 잘 돌봐 주시오."

이제 조예가 새 황제가 되었습니다. 조예는 조조의 손자이자 조비의 큰아들입니다. 조예는 열다섯 살로 매우 어렸습니다. 사마의가 새 황제에게 말했습니다.

"지금 공명이 우리를 노리고 있습니다. 제가 옹주와 양주 두 고을을 지키며 공명을 막아 내겠습니다."

새 황제가 허락하자 사마의는 곧 촉나라의 바로 북쪽에 있는 옹주와 양주를 향해 떠났습니다. 그곳에서 위수만 건너면 바로 촉나라 땅입니다.

제갈량이 이 소식을 듣고 깜짝 놀랐습니다.

"조비가 죽었으니 지금이 위나라를 무찌를 좋은 기회야. 그런데 중달이 옹주와 양주로 와 있으니 꼭 머리 위에 불을 이고 있는 기분이구나."

제갈량이 걱정하고 있는데 마속이 찾아왔습니다.

"제가 꾀를 써서 중달을 없애 버리겠습니다."

마속은 부하 몇 사람을 몰래 위나라의 낙양으로 보냈습니다. 얼마 뒤 낙양에서는 이상한 소문이 떠돌았습니다.

"중달이 어린 황제를 내쫓으려고 한다는군."

"중달이 옹주와 양주에서 곧 낙양으로 쳐들어온대요."

소문은 꼬리에 꼬리를 물고 퍼져 나갔습니다. 모두 마속이 꾸민 일이었습니다. 어린 황제 조예는 깜짝 놀라서 사마의의 벼슬을 빼앗고 고향으로 내쫓아 버렸습니다.

이 소식을 들은 제갈량이 무릎을 치며 기뻐했습니다.

"중달이 없으니 지금이 위나라를 물리칠 때요."

그날 밤, 제갈량은 홀로 책상 앞에 앉았습니다. 정성들여 먹을 갈고는 붓을 들어 글을 쓰기 시작했습니다.

승상 제갈량이 폐하께 아룁니다.

저는 한나라를 다시 일으키라는 돌아가신 폐하의 말씀을 하루도 잊지 않고 살았습니다. 이제 남만도 무찔렀으니 마땅히 역적이 다스리는 위나라를 무찔러야 합니다. 온 힘을 다해서 위나라를 물리칠 테니 부디 허락해 주십시오.

제갈량은 글을 다 쓰고 나서 '출사표'라는 제목을 붙였습니다. '출사표'란 싸우러 나가는 이유를 밝히는 글입니다. 날이 밝자 제갈량은 유선에게 출사표를 올렸습니다.

"폐하, 부디 허락해 주십시오."

유선은 출사표를 다 읽고 자리에서 내려와 제갈량을 일으켜 세웠습니다.

"승상의 말씀을 잘 알겠습니다. 부디 돌아가신 아버님의 뜻을 꼭 이루어 주십시오."

제갈량은 눈물이 가득 고인 눈으로 유선을 바라보았습니다. 유선의 눈에도 눈물이 맺혔습니다. 제갈량은 모든 신하들을 불러 모았습니다.

"이제 나랏일은 여러 대신들이 맡아 주시오. 나는 장군들과 함께 한중으로 가겠소. 지금부터 한중이 우리 군사의 본부가 될 것이오."

제갈량은 여러 장군들과 함께 한중으로 떠나기로 했습니다. 위연, 마대, 요화를 비롯한 모든 장수가 떠날 채비를 했습니다. 그러나 조운은 데리고 가지 않기로 했습니다. 조운은 나이가 칠십이 넘었기 때문입니다.

그런데 제갈량이 떠나는 날 조운이 찾아와 물었습니다.

"왜 나만 빼놓고 가시는 겁니까?"

"장군께서는 연세가 많으니 이제는 쉬도록 하십시오."

이 말에 조운은 버럭 소리를 질렀습니다.

"돌아가신 폐하와 함께 싸울 때 나는 언제나 앞장을 섰소. 비록 죽는다 해도 장수가 싸움터에서 죽는 것은 명예로운 일이오. 만일 나를 선봉 장군으로 삼지 않으면 이 자리에서 죽을 테요."

그러자 제갈량이 빙그레 미소를 지었습니다.

"여전히 용맹하시군요. 그럼 저와 함께 가시지요."

이렇게 되어 조운도 함께 한중으로 떠났습니다. 유선은 성도성 밖으로 나와 멀리까지 배웅했습니다. 깃발과 창이 온 들판에 수를 놓은 듯했습니다.

한중은 촉나라의 북쪽에 있는 큰 고을입니다. 큰 산으로 둘러싸여 있어서 군사를 두고 싸우기에 좋은 곳입니다.

한중의 바로 북쪽은 위나라의 땅입니다. 두 나라 사이에는 위수라는 강이 흐르고 있습니다. 한중은 위나라의 도읍 낙양과도 가깝습니다.

"나는 위수를 건너 위나라 서쪽부터 차지하려고 하오. 그런 다음 장안을 빼앗고 낙양까지 차지할 생각이오."

제갈량은 위나라의 서쪽에서부터 동쪽으로 쳐들어갈 계획을 세웠습니다.

"먼저 조운이 앞장서서 위수를 건너시오."

"내가 늙지 않았다는 걸 보여 드리겠소."

늙은 장군 조운이 수염을 휘날리며 떠났습니다.

한편, 위나라는 제갈량이 쳐들어오자 하후무를 내보냈습니다. 하후무는 옛날 한중에서 황충에게 죽은 하후연의 아들입니다.

"아버지의 원수를 갚아 주겠다."

하후무는 군사를 이끌고 서쪽으로 떠나 조운과 맞섰습니다. 조운은 하후무를 보고 웃었습니다.

"네가 상산의 조자룡을 모르는 모양이구나."

조운은 크게 소리치며 창을 꼬나들고 달려들었습니다. 조운은 금세 위나라의 네 장수를 베었습니다. 하후무는 당황해서 남안성으로 도망쳤습니다.

"듣던 대로 조운은 영웅이구나. 이제부터 성을 굳게 지키며 적의 군량이 떨어지기를 기다리자."

겁에 질린 하후무는 남안성을 지키기만 하고 싸울 생각을 하지 않았습니다. 이 소식을 듣고 제갈량이 급히 위연을 불렀습니다.

"여기서 가까운 곳에 천수성과 안정성이 있소. 내가 안정성의 적을 꾀어내면 장군은 성을 빼앗도록 하시오."

위연이 떠나자 제갈량은 편지를 써서 한 병사에게 주었습니다.

"너는 하후무의 부하로 변장하고 안정성으로 가서 이 편지를 전하거라."

병사는 위나라 갑옷을 입고 안정성으로 갔습니다. 병사는 안정성을 지키는 위나라 장수 최양을 만났습니다.

"하후무 장군이 지금 남안성에서 적에게 포위당했으니 어서 도와달라고 하십니다."

제갈량의 병사는 품속에서 편지를 꺼내 최양에게 건넸습니다. 편지는 땀에 젖어서 잘 알아볼 수 없었습니다.

"음, 편지가 온통 땀에 젖은 걸 보니 급한 모양이구나. 곧 뒤따라가겠다."

최양은 군사를 모두 거느리고 안정성을 나섰습니다. 성 안에는 관리와 백성들만 남았습니다.

최양이 남안성 가까이에 이르렀을 때였습니다. 갑자기 촉나라 군사가 앞길을 가로막으며 나타났습니다. 앞장선 장수는 관우의 아들 관흥이었습니다.

최양은 놀라서 말을 돌렸습니다. 그러나 뒤에서도 촉나라 군사가 나타났습니다. 이번에는 장비의 아들 장포였습니다. 최양의 병사들은 뿔뿔이 도망쳤습니다.

"다시 안정성으로 돌아가자!"

최양은 포위를 뚫고 겨우 달아나 안정성 앞에 이르렀습니다. 그런데 성 위에서 위연이 호통쳤습니다.

"최양아, 성은 내가 차지했다. 어서 항복해라!"

위연은 최양이 나간 틈에 성을 차지해 버린 것입니다.

"이제 갈 곳이 없구나. 거짓으로라도 항복해야겠다."

최양은 어쩔 수 없이 말에서 내려 제갈량에게 항복했습니다. 제갈량은 최양을 반갑게 맞이했습니다.

"장군이 내게 항복했으니 우리를 도와주시오."

"그럼 병사 수백 명을 위나라 병사로 변장시켜 주십시오. 제가 남안성에 가서 하후무를 사로잡고 성문을 열겠습니다."

제갈량은 크게 기뻐했습니다. 최양도 제갈량이 속임수에 넘어가자 속으로 기뻤습니다. 제갈량은 관흥과 장포를 불렀습니다.

"두 장군은 병사들과 함께 최양을 따라가시오."

관흥과 장포는 위나라 병사로 변장하고 최양을 따라 남안성으로 갔습니다. 최양이 성문 앞에서 소리쳤습니다.

"나는 안정 태수 최양이다. 하후무 장군을 도우러 왔으니 어서 성문을 열어라!"

이때 최양은 화살에 편지를 묶어서 성문 위로 쏘았습니다. 성안에 있던 위나라 장수가 편지를 읽었습니다.

나는 공명에게 속아서 사로잡혔소. 지금 내 뒤에 있는 병사들은 촉나라 병사들이오. 내가 들어가면 뒤따르는 병사들을 모조리 죽이시오.

위나라 장수는 병사들을 성문 안쪽에 숨긴 뒤 성문을 열었습니다. 성문을 막 들어서자 관흥이 한칼에 최양을 내리쳤습니다.

"네놈이 어찌 우리 승상을 속일 수 있겠느냐? 승상께서는 네가 거짓으로 항복한 줄 알고 계셨다."

장포도 따라 외쳤습니다.

"성문 안에 숨어 있는 놈들을 베라!"

촉나라 병사들이 달려들어 위나라 병사들을 무찔렀습

니다. 위나라 병사들은 무기를 버리고 항복했습니다. 하후무는 뒷문으로 달아나다 그만 사로잡히고 말았습니다.

얼마 뒤 제갈량이 수레를 타고 남안성으로 들어왔습니다. 관흥과 장포가 제갈량을 보자 물었습니다.

"승상께서는 최양의 마음을 어떻게 아셨습니까?"

"최양이 너무 쉽게 항복해서 의심했소. 최양은 하나만 알고 둘은 몰랐던 거요."

장수들이 모두 고개를 끄덕이며 감탄했습니다. 제갈량은 웃으며 말을 이었습니다.

"이번에는 천수성 차례요. 천수성도 안정성을 빼앗은 것과 같은 방법으로 빼앗을 수 있소. 이번에는 조운이 수고해 주시오."

제갈량은 조운을 천수성 가까이에 숨어 있도록 했습니다. 그런 다음 한 병사를 변장시켜 천수성으로 보냈습니다. 제갈량의 병사는 천수성을 지키는 위나라 장수 마준을 찾아갔습니다.

"하후무 장군이 남안성에서 공명에게 겹겹으로 포위되었습니다. 그러니 어서 도와달라고 합니다."

마준이 기꺼이 허락했습니다. 마준이 심부름을 온 병사를 먼저 보내고 막 떠나려고 할 때였습니다. 한 젊은 장수가 가로막았습니다.

"장군께서는 공명의 꾀에 속지 마십시오."

강유라는 사람이었습니다. 강유는 어려서부터 책을 많이 읽어 학식이 높고 무예도 뛰어났습니다. 또한 홀어머니에게 효성이 지극하여 널리 칭송을 받았습니다.

"공명에게 속지 말라니, 그게 무슨 말이오?"

"촉나라 군사가 남안성을 겹겹으로 에워싸고 있다고 했지요? 그런데 아까 온 병사는 어떻게 혼자서 포위를 뚫고 나왔을까요? 아무래도 장군을 성 밖으로 끌어내려는 것 같습니다."

그제야 마준은 이마를 쳤습니다.

"하마터면 성을 빼앗길 뻔했소. 어떻게 하면 공명을 물리칠 수 있겠소?"

"우리도 꾀를 써야지요. 공명에게 속은 척 성 밖으로 나갔다가 적을 포위해서 물리치는 겁니다."

마준은 기뻐하며 강유의 말대로 따랐습니다.

마준은 군사를 두 무리로 나누었습니다. 마준의 무리는 성 밖으로 나가고, 강유의 무리는 성안에 남았습니다.

마준이 성을 나가자 생각대로 밖에 숨어 있던 조운이 나타났습니다. 조운은 성 아래로 가서 외쳤습니다.

"나는 조자룡이다. 너희는 속았으니 어서 항복해라!"

그러나 강유가 성문 위에서 큰 소리로 웃었습니다.

"속은 건 네놈이다. 뒤를 보아라."

조운이 당황해서 돌아보니 아까 성을 떠났던 마준이 군사를 이끌고 돌아와 달려들었습니다. 강유도 성문을 열고 달려 나왔습니다.

조운은 창을 꼬나들고 강유와 맞섰습니다. 강유도 물러서지 않았습니다.

'이런 작은 마을에 이토록 뛰어난 장수가 있다니!'

조운은 강유의 창 솜씨에 감탄했습니다.

촉나라 병사들은 앞뒤로 공격을 받고 뿔뿔이 흩어졌습니다. 조운도 강유와 싸우다가 주춤주춤 물러났습니다.

제갈량은 조운이 적에게 속은 것을 알고 벌떡 일어나 물었습니다.

"내 속임수를 도대체 누가 알아챘단 말이오?"

"강유라는 장수입니다. 무예도 뛰어났습니다."

"천수에 그런 인재가 있는 줄은 꿈에도 몰랐소."

제갈량은 강유를 칭찬하면서도 단호하게 말했습니다.

"내일은 내가 앞장서서 천수성으로 쳐들어가겠소."

한편, 강유도 마준과 함께 의논을 했습니다.

"내일은 반드시 공명이 옵니다. 그러니 성 밖에 숨어 있다가 물리치는 게 좋겠습니다."

"성을 비운단 말이오?"

"그렇습니다. 제 말대로 하시면 틀림없이 공명을 이길 수 있습니다."

마준은 강유의 말대로 성을 비우고 성벽 위에 깃발을 든 병사만 잔뜩 세워 놓았습니다. 그 대신 성 밖 여러 곳에 군사를 숨겨 두었습니다.

이튿날 아침 과연 제갈량이 군사를 거느리고 나타났습니다. 제갈량은 성을 올려다보고 크게 놀랐습니다.

"수많은 깃발을 보니 적이 많은 모양이다."

제갈량은 밤이 되면 성을 빼앗기로 하고 병사들을 쉬게 했습니다. 그런데 날이 저물자 사방에서 불길이 솟아올랐습니다.

"공명아, 너는 포위되었다!"

쉬고 있던 촉나라 병사들이 놀라며 이리저리 흩어졌습

166

니다. 위나라 병사들은 무서운 기세로 달려들었습니다. 제갈량은 재빨리 말에 올라 포위를 뚫고 달아났습니다. 이날 촉나라 군사는 크게 패하고 수십 리를 물러났습니다.

"내가 전쟁터에 나와서 처음으로 크게 졌다. 비로소 적수다운 적수를 만났구나."

제갈량은 용맹하고 머리 좋은 강유를 부하로 삼고 싶었습니다. 제갈량은 강유를 사로잡을 꾀를 궁리하다가 강유의 홀어머니가 기성에 살고 있다는 것을 알게 되었습니다. 기성은 위수를 사이에 두고 천수성 바로 건너편에 있습니다.

"강유가 효자라니까 어머니를 이용해야겠다."

제갈량은 비겁한 일이라고 생각했지만 강유가 너무나 마음에 들었습니다. 제갈량은 위연을 불렀습니다.

"위장군이 기성으로 쳐들어가시오. 강유가 반드시 홀어머니를 구하러 올 것이오. 그러면 강유가 성안으로 들어가게 놔두시오."

위연이 군사를 이끌고 기성으로 달려갔습니다. 과연 강유는 이 소식을 듣고 어머니를 구하러 기성으로 달려왔습니다.

강유와 위연은 맞서 싸웠습니다. 위연이 일부러 지는 척하며 달아났습니다. 강유는 재빨리 기성 안으로 들어가서 성문을 굳게 닫았습니다. 제갈량이 웃었습니다.

"이제 강유는 사로잡은 것이나 마찬가지다. 어서 하후무를 끌고 오너라."

감옥에 갇혔던 하후무가 벌벌 떨면서 끌려왔습니다. 하후무는 무릎을 꿇고 살려 달라고 빌었습니다.

"강유가 너를 풀어주면 우리에게 항복하기로 약속했다. 너를 살려 줄 테니 다 강유 덕분인 줄 알거라."

제갈량은 거짓말을 하며 하후무를 풀어 주었습니다. 하후무는 제갈량이 준 말에 올라 정신없이 달아났습니다.

하후무는 서둘러 천수성의 마준에게 가서 말했습니다.

"강유가 공명에게 항복한다고 하오."

"그럴 리가요. 강유는 배신할 사람이 아닙니다."

"강유가 항복한 대신 공명이 나를 풀어 준 것이오. 내가 분명히 들었소!"

하후무가 소리치자 마준도 그 말을 믿고 말았습니다.

이때 제갈량은 군사를 모조리 이끌고 기성을 겹겹이 포위해 버렸습니다. 얼마 뒤 기성 안의 식량이 모두 떨어져서 성안 사람들이 굶주리게 되었습니다. 제갈량은 그것을 알고 병사들에게 명령을 내렸습니다.

"수레에 군량을 가득 싣고 성문 앞을 맴돌도록 하라!"

촉나라 병사들이 쌀가마니를 가득 실은 수레를 끌고 하루 종일 성문 앞을 빙빙 맴돌았습니다. 강유는 점점 약이 올랐습니다.

"저놈들을 혼내 주고 식량을 빼앗자."

강유가 군사를 이끌고 성에서 뛰쳐나왔습니다. 그러자 촉나라 병사들은 수레를 버리고 도망쳤습니다. 강유가 수레를 빼앗아 성으로 돌아갔을 때였습니다.

성문 위에 촉나라의 깃발이 휘날리고 있었고, 제갈량과 위연의 모습이 보였습니다.

"강유야, 우리가 성을 차지했으니 어서 항복해라!"

강유가 나간 사이에 성을 빼앗아 버린 것입니다. 강유는 탄식하며 천수성 쪽으로 달려갔습니다.

강유가 천수성에 이르러 성문을 열라고 소리치자 마준이 손가락질을 하며 꾸짖었습니다.

"이 배신자야, 우리를 속여서 성문을 열게 하려고 왔지? 네가 공명에게 항복한 줄 이미 다 알고 있다."

마준의 부하들은 강유에게 화살을 쏘아 댔습니다. 강유는 놀라서 뒤로 물러났습니다.

"아아, 이제 갈 곳이 없구나! 차라리 적과 싸우자."

강유는 눈물을 닦으며 다시 기성 쪽으로 달렸습니다. 어느덧 성문 앞에 이르렀습니다. 순간 숲에서 함성이 일어나며 촉나라 병사들이 강유를 완전히 에워쌌습니다.

강유는 놀라서 그 자리에 멈춰 섰습니다. 그때 성문이 열리더니 병사들이 수레를 끌고 나왔습니다. 수레 위에는 하얀 옷을 단정히 입은 제갈량이 부채를 들고 앉아 있었습니다.

"강유 장군, 어서 항복하지 않고 무얼 하고 있소?"

강유는 그 자리에 멈추어 선 채 생각에 잠겼습니다. 앞뒤로 도망칠 곳이 아무 데도 없었습니다. 강유는 마침내 말에서 내렸습니다.

"제가 졌습니다. 진심으로 항복하겠습니다."

제갈량이 수레에서 내려와 강유의 손을 잡았습니다.

"내가 죽기 전에 평생 배운 것을 물려줄 제자를 만나고 싶었는데 드디어 소원을 이루었구려."

이 말에 강유도 기뻐하며 절을 올렸습니다.

"저도 이제야 진짜 스승님을 만났습니다."

제갈량과 강유는 어깨를 나란히 하고 성안으로 들어갔습니다. 두 사람은 밤을 새워 이야기를 나누면서 오래 알았던 사이처럼 금방 친해졌습니다.

제갈량과 사마의의 대결

"천수성을 빼앗아야 하는데 좋은 생각이라도 있소?"

제갈량이 강유에게 물었습니다.

"천수성에 있는 두 친구의 도움을 받아 빼앗겠습니다."

강유는 편지를 써서 화살에 매단 뒤 천수성을 향해 쏘았습니다. 강유의 친구들이 편지를 받고 성문을 열었습니다. 강유가 앞장서서 성안으로 뛰어들었습니다.

하후무와 마준은 놀라서 뒷문으로 도망쳤습니다. 이렇게 제갈량은 싸움도 안 하고 천수성까지 얻었습니다.

이번 싸움에서 제갈량은 여러 성을 빼앗아 위나라의 넓은 서쪽 땅을 촉나라 땅으로 만들었습니다. 위나라 황제 조예가 이 소식을 듣고 크게 놀랐습니다. 조예는 두려움에 떨며 대장군 조진을 불렀습니다.

"이러다가 낙양까지 위험하겠소. 대장군이 공명을 물리쳐 주시오."

조진은 이십만 군사를 거느리고 길을 나섰습니다. 제갈량은 그때 기산에 머무르고 있었습니다. 조진은 위수를 건너 기산으로 쳐들어갔습니다.

촉나라 병사들은 여러 차례 싸움에서 이긴 뒤라 사기가 드높았습니다. 제갈량은 장수들을 여러 곳에 숨겨 두고 조진을 기다렸습니다.

아무것도 모르는 조진이 쳐들어오자 촉나라의 장수들은 한 사람씩 돌아가며 쉬지 않고 조진을 공격했습니다. 결국 조진은 크게 지고 장안성까지 달아났습니다.

조예가 한숨을 내쉬고 신하들을 둘러보며 물었습니다.

"도대체 공명을 물리칠 사람이 아무도 없단 말이오?"

신하들은 꿀먹은 벙어리처럼 아무말도 하지 못했습니다. 그때 종요라는 신하가 자리에서 일어나 말했습니다.

"공명을 물리칠 수 있는 사람은 사마중달뿐입니다."

"사마중달?"

"폐하께서는 제갈량에게 속아서 중달을 내쫓으셨습니다. 공명이 무서워하는 사람은 오직 중달뿐입니다."

조예는 길게 한숨을 내쉬었습니다.

"나도 중달을 내쫓은 게 후회스럽소. 어서 부르시오."

그때 고향에서 쉬고 있던 사마의가 소식을 듣고 눈물을 흘렸습니다.

"이제야 저를 알아보시는군요. 제가 목숨을 바쳐서 공명을 물리치겠습니다."

사마의가 조예에게 달려가자 조예는 군사를 모두 이끌고 나와 사마의를 기다리고 있었습니다.

"그대가 대장을 맡아 주시오. 나도 같이 가겠소."

조예는 사마의와 함께 군사를 이끌고 장안성으로 떠났습니다. 여전히 기산에 머물고 있던 제갈량은 조예와 사마의가 장안성으로 온다는 소식을 듣고 깜짝 놀랐습니다.

"뭣이라고? 위나라가 쳐들어온단 말이냐?"

그러자 곁에 있던 마속이 말했습니다.

"승상은 조예가 그렇게도 두렵습니까?"

"내가 두려워하는 사람은 조예가 아니라 중달이오. 중달이 다시 나타났다니 정말 걱정이오."

제갈량의 얼굴에는 근심 어린 표정이 가시지 않았습니다. 제갈량은 기산의 진지에서 장수들을 불러 모았습니다.

"중달은 반드시 가정으로 올 것이오. 가정은 우리 촉나라로 들어오는 입구이니 절대 빼앗기면 안 되오."

이 말이 끝나자마자 마속이 앞으로 나섰습니다.

"저는 어릴 때부터 돌아가신 마량 형님과 함께 전쟁을 많이 공부했습니다. 제가 중달을 물리치겠습니다."

"정말이오?"

"싸움에서 지면 기꺼이 목숨을 바치겠습니다."

마속은 자신의 맹세를 글로 적었습니다. 그제서야 제갈량은 마음이 놓였습니다.

마속이 절을 하고 물러가자 제갈량은 왕평을 불렀습니다. 왕평은 매우 성실해서 제갈량이 믿어 온 장수입니다.

"마속을 따라가서 가정을 지키시오. 반드시 길목에 진지를 세워서 적을 막아야 하오. 진지를 다 세우거든 지도를 그려서 나에게 보내시오."

"명심하겠습니다."

얼마 뒤 마속과 왕평이 가정으로 떠났습니다.

이때 제갈량이 짐작한 대로 사마의는 용맹한 장수 장합과

가정으로 오고 있었습니다. 조예는 장안성에 머물고 있었습니다. 제갈량은 아무래도 가정을 지키는 일이 걱정스러워서 다시 위연을 불렀습니다.

"위장군이 군사를 거느리고 가서 가정 가까이에 머물며 마속을 도와주시오."

"그런 한가한 일이라면 다른 장수를 보내십시오."

위연이 불평하자 제갈량이 버럭 소리를 질렀습니다.

"가정을 지키는 일은 우리 목을 지키는 일이오. 꼭 위장군이 해야 하오."

그제야 위연이 군사를 이끌고 떠났습니다. 제갈량은 비로소 마음을 놓았습니다. 제갈량은 나머지 장수들에게 말했습니다.

"우리는 미성으로 갑시다. 미성만 빼앗으면 장안도 곧 우리 차지요."

미성은 장안성 가까이 있는 성입니다. 제갈량은 미성을 빼앗고 곧바로 장안성으로 나아갈 생각이었습니다. 제갈량은 강유를 앞장세우고 떠났습니다.

이즈음 마속과 왕평이 가정에 이르렀습니다. 마속은 가정을 이리저리 살펴본 뒤 빙그레 웃었습니다.

"승상은 의심이 너무 많군. 적이 이런 산속으로 올 리가 없어."

마속은 길이 좁고 산이 높은 것을 보고 안심하며 왕평에게 말했습니다.

"산봉우리에다 진지를 세웁시다. 그래야 적이 잘 보여서 싸우기 좋겠소."

"승상께서는 적이 오는 길목을 막으라고 했습니다."

"전쟁이라면 나도 잘 알고 있소. 높은 곳에서 낮은 곳을 내려다보아야 유리한 법이오."

"저는 따를 수 없습니다."

왕평은 끝내 말을 듣지 않았습니다. 그러자 마속이 버럭 화를 냈습니다.

"그러면 병사 오천을 줄 테니 마음대로 하시오."

기어코 마속은 산 위에 진지를 세웠습니다. 왕평은 병사를 거느리고 십 리쯤 떨어진 곳에 진지를 따로 세웠습니다. 그리고 가정의 진지를 지도로 그려서 제갈량에게 보냈습니다.

얼마 뒤 사마의가 거느린 위나라 군사가 가정에 도착했습니다. 사마의는 촉나라 군사를 보고 깜짝 놀랐습니다.

"공명은 귀신같구나. 내가 올 줄 이미 알고 있었어."

그런데 적의 진지를 살피던 사마의가 크게 웃었습니다.

"어리석게 산 위에 진지를 세우다니. 이제 승리는 우리 것이다."

이튿날 사마의는 산을 포위했습니다. 위나라 병사들이 산 위로 개미 떼처럼 기어올랐습니다. 촉나라 병사들이 두려움에 떨자 마속이 칼을 들고 소리쳤습니다.

"어서 산을 내려가 적을 무찔러라!"

하지만 아무도 선뜻 나가려고 하지 않았습니다. 마속이 칼을 휘두르며 내쫓자 병사들은 마지못해 산 아래로 달려갔습니다. 그러나 숫자가 많은 위나라 병사들은 끄떡도 하지 않았습니다.

촉나라 병사들은 다시 산 위로 도망쳤습니다. 꼼짝없이 산 위에 갇히고 만 것입니다.

금세 이틀이 지났습니다. 그동안 촉나라 병사들은 밥은 커녕 물 한 모금도 마시지 못했습니다. 산 위에는 물이 없었기 때문입니다. 촉나라 병사들은 점점 지쳐서 힘이 빠졌습니다.

마침내 사마의가 부하들에게 소리쳤습니다.

"산에 불을 질러라!"

불길은 바람을 타고 순식간에 산 위로 번져 올라갔습니다. 촉나라 병사들은 뜨거운 불길과 연기 속에서 날뛰었습니다. 마속도 견디지 못하고 달아났습니다.

"내가 여기서 죽는구나!"

마속이 비명을 지르는데 위연이 나타났습니다. 다른 곳에 진지를 세웠던 왕평도 달려와서 포위를 뚫고 마속을 구했습니다. 위연이 도망치며 외쳤습니다.

"가정을 빼앗겼으니 한중이 위험하다. 한중으로 가는 길목을 지켜야 한다."

위연은 왕평과 마속을 데리고 한중 쪽으로 달렸습니다. 마속은 잔뜩 풀이 죽어서 입을 굳게 다물었습니다. 마속의 맹세는 그만 허튼 맹세가 되고 말았습니다.

그런데 이상하게도 사마의는 더 이상 뒤쫓지 않았습니다. 위나라 장수 장합이 사마의에게 물었습니다.

"왜 뒤쫓지 않으십니까? 저들을 사로잡을 좋은 기회입니다."

"공명은 틀림없이 우리의 뒤를 공격할 것이오."

사마의는 다시 장수들을 둘러보며 말했습니다.

"우리는 촉나라의 군량을 쌓아 두는 서성을 빼앗는 게 좋겠소. 그러면 공명은 힘을 잃고 물러갈 것이오."

사마의는 오만의 군사를 가정에 남겨 두고 서성으로 달려갔습니다. 한편, 제갈량은 위나라의 미성을 빼앗으러 가다가 왕평이 보낸 지도를 보고 비명을 질렀습니다.

"마속이 우리를 다 죽이는구나! 산 위에 진지를 세웠으니 반드시 모두 타 죽을 것이다!"

그때 한 병사가 허겁지겁 달려왔습니다.

"중달에게 가정을 빼앗겼다고 합니다."

제갈량은 발을 구르며 안타까워했습니다.

"마속을 믿은 내가 잘못이다. 어서 돌아가자."

제갈량은 모든 장수들에게 한중으로 돌아가라고 명령했습니다. 제갈량은 관흥과 장포를 따로 불렀습니다.

"산속에 숨어 있다가 중달이 오면 싸우지 말고 겁만 주시오. 적이 물러가면 서둘러 한중으로 돌아가시오."

두 장수가 명령을 받고 떠났습니다. 이제 겨우 오천 병사만 남았습니다.

"나는 서성에 있는 우리 군량을 옮겨야겠다."

제갈량은 남은 병사를 거느리고 서성으로 가서 서둘러

군량을 실어 한중으로 보냈습니다. 군량을 실은 수레가 막 떠났을 때였습니다.

"사마중달이 대군을 이끌고 오고 있습니다."

병사가 급하게 달려와 숨이 넘어가는 소리로 말했습니다. 제갈량은 소스라치게 놀랐습니다. 서성에는 남아 있는 병사가 얼마 되지 않았습니다. 힘없는 관리들과 백성들이 대부분이었습니다.

제갈량은 성문 위로 달려갔습니다. 멀리서 위나라 군사가 시꺼멓게 들을 덮으며 달려오는 것이 보였습니다. 제갈량의 얼굴은 잔뜩 굳어 있었습니다.

"이제부터 내 말을 잘 들으면 살고, 그렇지 않으면 모두 죽게 되오."

모두들 부들부들 떨며 제갈량의 얼굴만 바라보았습니다.

"다들 몸을 숨기시오. 절대로 밖에 나오면 안 되오."

제갈량은 병사들 가운데 여든 명만 따로 뽑아서 백성들처럼 옷을 입혔습니다.

"너희들은 스무 명씩 나뉘어 네 곳의 성문을 열고 물을 뿌리며 땅을 쓸어라. 적이 와도 절대 놀라지 마라."

"예?"

병사들은 영문을 몰라서 어리둥절해했습니다.

"내 말대로 하지 않으면 우리는 모두 죽는다."

변장한 병사들이 빗자루를 들고 성문으로 향했습니다. 제갈량은 거문고를 들고 다시 성문 위로 올라갔습니다.

제갈량은 성문 위에 앉아서 향을 피우고 태연하게 거문고를 타기 시작했습니다. 쥐 죽은 듯이 고요한 성안에 거문고 소리만 은은하게 울려 퍼졌습니다.

사마의는 성문이 열려 있는 것을 보고 말을 멈추었습니다. 성문 앞에서는 백성들이 물을 뿌리며 빗자루질을 하고 있었습니다. 게다가 제갈량은 성문 위에 앉아서 미소를 지으며 거문고를 타고 있었습니다.

"이게 도대체 무슨 일이냐?"

사마의는 잔뜩 의심이 들었습니다. 그러다 갑자기 말을 돌리며 소리쳤습니다.

"병사들은 어서 북쪽 산길로 물러나라. 서둘러라!"

이 말에 사마의의 둘째아들 사마소가 물었습니다.

"아버님, 공명이 군사가 없어서 저렇게 우리를 속이는 것이 아닐까요?"

"공명은 귀신같은 사람이다. 분명히 군사를 숨겨 두고

우리를 기다린 거야. 어서 물러가자.”

사마의는 앞장서서 달렸습니다. 혹시 제갈량이 뒤쫓을
까 봐 몹시 서둘렀습니다. 병사들도 겁을 먹고 앞을 다투
며 도망쳤습니다.

제갈량이 비로소 거문고를 놓고 일어났습니다.

“휴, 이렇게 위험했던 적은 처음이오. 중달이 다시 오지
는 않을 테니 안심하시오.”

그래도 모두들 겁에 질린 표정이었습니다. 제갈량은 빙
그레 웃었습니다.

“이럴 줄 알고 관흥과 장포를 산속에 숨겨 두었소. 두 장
군이 중달을 멀리 쫓아 버릴 것이오.”

사마의의 군사가 막 산속으로 들어섰습니다. 그런데 숲
속 여기저기에 촉나라의 깃발이 세워져 있었습니다. 북소
리와 고함 소리도 우렁찼습니다. 숨어 있던 관흥과 장포의
군사가 내지르는 소리였습니다.

“이것 봐라. 공명이 숨겨 둔 군사다.”

사마의는 더욱 놀라서 정신없이 도망쳤습니다. 너무나
놀라서 무기를 내던지고 달아나는 병사도 많았습니다. 사
마의는 서둘러 가정으로 돌아갔습니다.

제갈량은 거문고 하나로 사마의의 대군을 물리치고 무사히 한중으로 돌아갔습니다. 하지만 애써서 빼앗은 위나라의 서쪽 땅을 다시 빼앗기고 말았습니다.

사마의는 제갈량이 물러간 뒤에야 자기가 속은 것을 알았습니다.

"분하다. 내가 공명만 못하구나."

사마의는 가슴을 치며 원통해했습니다.

제갈량은 한중으로 돌아오자 장수와 병사들을 살폈습니다. 그런데 조운이 보이지 않았습니다.

"조운 대장군에게 혹시 무슨 일이 생긴 게 아니오?"

그때 조운이 허겁지겁 달려왔습니다. 조운은 제갈량을 뒤쫓는 위나라 군사를 마저 물리치고 오느라 늦은 것입니다. 서둘러 달려온 조운이 가쁜 숨을 몰아쉬었습니다.

"나는 대장군이 나쁜 일이라도 당했을까 봐 무척 걱정했습니다."

제갈량이 반가워하며 조운에게 말했습니다.

조운이 말에서 내려 땅에 무릎을 꿇었습니다.

"승상, 싸움에서 지고 비겁하게 도망쳐 온 장수가 용서를 빕니다."

제갈량이 조운을 붙들어 일으켰습니다.

"모두 내 탓입니다. 장군은 우리를 위해 적을 막았으니 상을 받아야 합니다."

제갈량은 조운에게 황금과 비단을 내렸습니다. 그러나 조운은 받지 않았습니다. 제갈량은 감탄했습니다.

'돌아가신 폐하께서 조운을 그토록 아끼신 까닭을 알겠구나!'

이때 마속이 도착했습니다. 마속은 가정에서 지고 이리저리 도망 다니다 이제야 오는 길이었습니다. 마속은 자기 몸을 꽁꽁 묶고 제갈량 앞에 무릎을 꿇었습니다.

"승상, 죄인이 벌을 받으러 왔습니다."

제갈량이 목소리를 높여서 꾸짖었습니다.

"그토록 큰소리를 치더니 이게 무슨 꼴이오?"

"저의 죄는 백 번 죽어 마땅합니다."

"그대는 싸움에서 지면 목숨을 바치겠다고 약속했소."

"이미 죽기를 결심하고 왔습니다. 약속대로 어서 벌을 내려 주십시오."

마속은 땅에 이마를 대고 굵은 눈물을 흘렸습니다.

"그동안 우리는 서로 도우며 형제처럼 지냈소. 하지만

나라에는 법이 있으니 법을 따를 수밖에 없구려.”

제갈량이 뜨거운 눈물을 흘리며 말했습니다. 제갈량이 울면서 손짓을 하자 병사들이 마속을 끌고 나갔습니다.

얼마 뒤 병사들이 들어와 마속이 숨을 거두었다고 말했습니다. 그러자 제갈량은 더욱 구슬프게 울었습니다.

“법도 법이지만 마속은 내가 아끼는 장수였소. 내 손으로 마속을 죽였으니 이보다 슬픈 일이 어디 있겠소.”

여러 장수들도 따라서 울었습니다. 제갈량은 마속의 장례를 잘 치러 주었습니다.

마속은 제갈량을 도와서 여러 차례 싸움을 승리로 이끌었습니다. 그러나 가정 싸움에서 자기 생각만을 너무 고집했습니다. 자만심이 죽음을 불러온 것입니다.

마속이 죽은 뒤 제갈량은 며칠 동안 밥도 제대로 먹지 않았습니다. 방 안에 틀어박혀 꼼짝도 하지 않았습니다.

“모두 사람을 잘 다스리지 못한 내 잘못이다.”

제갈량은 넋이 빠진 채 혼잣말로 중얼거렸습니다.

며칠 뒤 제갈량은 싸움에서 졌으니 벌을 내려 달라고 성도에 있는 황제 유선에게 편지를 썼습니다. 제갈량의 편지를 읽은 유선은 고개를 가로저으며 허락하지 않았습니다.

제갈량은 다시 글을 올려 벌을 내려 달라고 빌었습니다.

"허허허, 스스로 벌을 받겠다고 비는 사람도 있구려."

유선은 하는 수 없이 제갈량의 벼슬을 대장군으로 낮추었습니다. 하지만 하는 일은 그대로 하게 했습니다.

그때부터 제갈량은 한중에 머물며 병사들을 훈련시키고 무기도 새로 만들었습니다.

'싸움에서 한 번 졌다고 큰 뜻을 잊을 수는 없다.'

제갈량은 부지런히 싸울 준비를 했습니다.

한편, 위나라 황제 조예가 제갈량이 싸울 준비를 한다는 소식을 듣고 급히 사마의를 불러 의논했습니다.

"우리가 먼저 한중으로 쳐들어가는 게 어떻겠소?"

그러나 사마의는 반대했습니다.

"한중은 길이 험해서 쉽게 빼앗지 못합니다. 또 우리가 한중으로 가면 오나라가 가만있지 않을 겁니다."

"오나라가?"

"그렇습니다. 먼저 싸우기 쉬운 오나라부터 물리치십시오. 촉나라는 용맹한 학소를 보내서 막으면 됩니다."

"그러면 중달이 오나라로 쳐들어가시오."

사마의는 조휴라는 장수를 선봉으로 세워 오나라로 떠났

습니다. 조휴는 황제 조예와 가까운 친척 사이입니다.

오나라의 왕 손권이 이 소식을 듣고 육손을 불렀습니다.

"대도독이 중달을 물리쳐서 내 근심을 덜어 주시오."

"대왕께서는 저를 믿고 아무 근심 마십시오."

육손이 자신만만하게 대답했습니다. 육손은 사마의와 싸우러 나가기 전에 아랫사람 주방을 불렀습니다. 주방은 육손이 믿고 아끼는 장수입니다.

"그대가 거짓으로 항복해서 위나라 군사를 석정 골짜기로 끌고 오시오. 그러면 우리는 단 한 번의 싸움으로 위나라를 물리칠 수 있소."

"나라를 위해 기꺼이 목숨을 바치겠습니다."

주방은 혼자서 위나라의 조휴를 찾아갔습니다.

"오나라 왕 손권이 저를 미워해서 장군께 항복하려고 왔습니다. 저를 받아 주십시오."

하지만 조휴는 주방을 믿으려고 하지 않았습니다.

"네가 나를 속이려고 거짓으로 항복하는 것이지?"

그러자 주방은 허리에 차고 있던 칼을 뽑아서 자기 목을 베려고 했습니다.

"장군께서 저를 의심하니 차라리 죽겠습니다. 제 마음은 하늘이 알고 땅이 압니다."

조휴가 놀라서 주방의 손을 붙들었습니다.

"내가 농담으로 해 본 소리요. 어서 칼을 거두시오."

그런데도 주방은 칼로 머리털을 싹둑 자르더니 땅에 내던졌습니다.

"이 머리털은 부모님께 물려받은 것입니다. 목 대신 머리털을 잘라서 저의 진심을 알려드리고 싶습니다."

"알겠소. 나와 함께 오나라를 물리칩시다."

조휴는 주방을 조금도 의심하지 않았습니다. 주방은 조휴에게 말했습니다.

"제가 오나라 땅을 잘 아니 장군님께 길 안내를 하겠습니다."

주방은 앞장서서 위나라 군사를 이끌었습니다. 그리고 육손과 약속한 대로 석정이라는 골짜기로 나아갔습니다.

골짜기 안에서는 육손이 군사를 숨겨 두고 기다리고 있었습니다. 아무것도 모르는 조휴는 주방을 따라 자꾸만 골짜기 깊숙이 들어갔습니다.

석정 골짜기는 길이 좁고 깎아지른 듯한 절벽이 많아서 몹시 험했습니다. 골짜기 한가운데에 이르자 주방이 말했습니다.

"이 골짜기는 길이 좁고 험해서 적을 불러들여 싸우기에 아주 좋습니다."

"그럼 어떻게 적을 이리로 불러올 수 있겠소?"

"군사를 둘로 나누어 따로 진지를 세우십시오. 한쪽 군사가 나가서 적을 이리로 끌고 오는 것입니다. 그리고 나머지 군사가 적을 포위하고 공격하는 것입니다."

"참으로 기막힌 작전이오."

조휴는 주방의 말대로 석정 골짜기에 진지 두 개를 따로 세웠습니다.

어느새 날이 저물었습니다. 어둠이 깔리자 주방은 육손에게 도망쳐 버렸습니다. 조휴는 아무것도 모른 채 한쪽 군사에게 적을 골짜기로 꾀어 오게 했습니다.

조휴의 병사들이 달려 나가 오나라 군사와 싸웠습니다. 그러다 거짓으로 패한 척하고 골짜기 안으로 도망쳤습니다. 오나라 병사들은 신이 나서 뒤쫓았습니다. 조휴는 좋아서 미소를 지었습니다.

"이제 우리 작전대로 되었다. 적이 골짜기로 들어오거든 사정없이 공격하라."

그런데 갑자기 뒤에서 우렁찬 함성이 들렸습니다. 조휴가 놀라서 살펴보니 진지 뒤에서 오나라 군사가 달려들고 있었습니다. 육손이 미리 숨겨 둔 군사였습니다.

"이게 웬 날벼락이냐!"

위나라 병사들은 좁은 골짜기에 갇혀서 엎어지고 쓰러졌습니다. 자기편끼리 서로 찌르고 짓밟으며 앞만 보고 달아났습니다.

그날 밤은 달도 뜨지 않아 몹시 어두웠습니다. 정신없이 도망치던 위나라 병사들은 마주 오던 자기편이 적인 줄 알고 자기들끼리 칼을 휘둘렀습니다. 사람의 비명과 말 울음소리가 골짜기 안에 가득 찼습니다.

앞뒤로 다시 오나라 군사가 달려들면서 위나라 군사는 수없이 죽고 항복했습니다. 조휴는 겨우 목숨을 구해서 사마의에게 도망쳤습니다.

육손은 크게 이기고 오나라의 도읍 건업으로 돌아갔습니다. 손권은 육손과 주방에게 큰 상을 내렸습니다.

육손이 손권에게 말했습니다.

"우리는 촉나라와 형제 사이로 지내고 있습니다. 앞으로도 그렇게 지내야 위나라가 넘볼 수 없을 것입니다."

손권은 고개를 끄덕였습니다.

한편, 사마의는 조휴가 패하고 오자 깜짝 놀랐습니다.

"촉나라에 공명이 있다면 오나라에는 육손이 있구나. 그만 낙양으로 돌아가자."

"주방에게 속아서 분이 풀리지 않는데 그냥 돌아간단 말입니까?"

조휴가 못마땅해하며 말하자 사마의가 소리쳤습니다.

"우리가 싸움에 졌는데 공명이 가만히 있겠소?"

사마의는 군사를 이끌고 서둘러 낙양으로 돌아갔습니다.

이처럼 중국 땅은 촉나라의 제갈량, 위나라의 사마의, 오나라의 육손이 서로 팽팽하게 맞섰습니다. 언제 끝날지도 모르는 세 사람의 싸움은 계속 이어졌습니다.

– 5권으로 이어집니다.

제갈량의 남만 정벌

서기 225년, 제갈량은 남만 정벌을 떠났습니다. 이 전쟁에서 제갈량은 남만왕 맹획을 일곱 번 사로잡았다가 일곱 번 놓아주었고, 맹획은 스스로 제갈량에게 복종했습니다. 《삼국지》에서는 남만을 '무덥고 맹수가 들끓는 밀림의 땅'으로 표현했는데, 남만은 어디일까요?

중국인은 예부터 한족이라 일컫는 자신들이 세계에서 가장 뛰어난 민족이고, 중국의 문화가 세계 최고라고 생각해 왔습니다. 그래서 주변 민족들을 모두 야만인으로 생각하고 낮잡아 불렀습니다. 남쪽 사람들은 남만(南蠻), 북쪽 사람들은 북적(北狄), 동쪽 사람들은 동이(東夷), 서쪽 사람들은 서융(西戎)이라 했는데, '만(蠻)·적(狄)·이(夷)·융(戎)'은 모두 '오랑캐'라는 뜻입니다.

남만은 중국에서 가장 남서쪽 지역인 운남성과 귀주성 일대를 일컫는데, 삼국 시대 당시에는 중국의 영토에 포함되어 있지 않고 촉나라의 남쪽에 위치해 있었습니다. 이곳에는 오늘날에도 한족이 아닌 소수 민족들이 많이 살고 있습니다.

▲ 중국인이 가리키는 오랑캐
중국인은 자신들이 사는 땅을 중심으로 동쪽은 동이, 북쪽은 북적, 서쪽은 서융, 남쪽은 남만이라 부르며 다른 민족들을 무시했다.

▲ 중국의 행정 구역
귀주성과 운남성은 험한 산지가 많다. 그곳에는 지금도 전통 복장을 입고 자신들의 생활 방식을 지키는 소수 민족들이 많이 살고 있다.

삼국 시대와 우리나라

중국에서 위·촉·오의 삼국 시대가 펼쳐질 무렵, 한반도 북부에 고구려가 있었습니다. 고구려는 중국의 동북부 지역과 맞닿아 있어 일찍부터 중국과 교류가 잦았습니다.

오나라와 위나라는 서로를 견제하기 위해 각각 고구려에 사신을 보냈습니다. 당시 고구려는 요동 지방의 연나라와 대립하고 있었는데, 고구려의 동천왕은 위나라와 동맹을 맺어 함께 연나라를 공격했습니다. 그러나 두 나라의 동맹 관계는 연나라가 무너지면서 깨졌습니다. 연나라가 멸망하면서 위나라와 고구려가 국경을 직접 마주하게 된 것입니다.

결국 요동 땅을 발판 삼아 북쪽으로 진출하려던 고구려와, 한반도를 차지하려는 위나라가 부딪쳤습니다. 이를 요동 전쟁이라 하는데, 이 전쟁은 승패 없이 두 나라 모두에게 큰 피해를 주었습니다. 이후 위나라가 무너지고 진나라가 중국 대륙을 통일하는 등 혼란을 겪는 사이, 고구려는 나라를 정비해 북쪽으로 영토 확장에 나섰습니다. 중국 대륙의 변화가 고구려에게는 새로운 기회가 된 셈입니다.

▲ 《삼국지》 위서 동이전에 나오는 우리나라
동이전은 동방 민족에 관한 가장 오래된 기록으로 고대사를 연구하는 데 중요한 자료가 된다.

▲ 고구려의 개마무사
기병과 말 모두 철갑을 입은 개마무사의 활약으로 고구려는 동북아시아의 강국이 될 수 있었다.

七 縱 七 擒 (칠종칠금)
일곱 칠　　놓을 종　　일곱 칠　　사로잡을 금

유비가 죽고 그의 아들 유선이 황제가 된 지 얼마 되지 않아, 촉나라의 남쪽 지방에서 남만왕 맹획이 들고 일어났습니다. 남만은 한나라의 다스림을 받던 나라이지만, 한나라가 없어졌으니 서서히 기지개를 켜기 시작한 것입니다.

제갈량은 남만을 무찔러야 마음 놓고 위나라와 싸울 수 있다고 생각하고, 남만 땅으로 들어갔습니다. 촉군에 맞서 맹획도 용감히 싸웠지요. 그런데 얼마 지나지 않아 촉군이 후퇴하기 시작했습니다. 신이 난 맹획은 촉군을 뒤쫓았지만, 그것은 유인 작전이었습니다. 결국 맹획은 제갈량의 꾀에 속아 사로잡히고 말았지요.

그러나 맹획은 비겁한 꾀에 말려들었기 때문에 전투에서 진 것이라며 항복하지 않았습니다. 제갈량은 웃으며 맹획을 놓아주었고, 그는 군대를 가다듬어 다시 공격해 왔지만 이번에도 붙잡혔습니다. 이런 일이 일곱 번 거듭되었고, 결국 맹획은 제갈량 앞에 엎드려 진심으로 항복했습니다.

'칠종칠금'이라는 말은 겉으로는 '일곱 번 잡았다가 일곱 번 풀어준다'는 뜻이지만, 속뜻은 상대를 마음으로 굴복하게 하는 것을 말한답니다.

▲ 제갈량이 맹획을 일곱 번 잡았다 놓아주다
제갈량은 힘으로 누르기보다는 마음을 얻어야 맹획을 자기편으로 만들 수 있다고 믿었다.

삼국의 균형을 깬 이릉대전

적벽대전이 끝난 뒤 형주 땅을 차지한 유비는 뒤이어 익주 지방까지 손에 넣으면서 조조·손권에 버금가는 큰 힘을 가지게 되었습니다. 세 나라가 힘을 겨루는 진정한 삼국 시대가 된 것입니다.

자신의 힘이 커지자 유비는 천하 통일을 이루고 싶었습니다. 그래서 우선 조조를 공격하기로 하고, 조조의 땅이었던 한중을 공격해 빼앗았습니다. 그 뒤 아랫사람들의 권유로 '한중왕'에 올랐습니다. 한중왕은 한중을 다스리는 왕이라는 뜻이지요.

▲ 관우상
중국인들에게 관우는 신으로 받들어진다.

그러자 조조는 손권과 손잡고 형주를 공격했습니다. 위와 오의 거센 공격에 촉나라는 형주성을 잃고, 성을 지키던 관우마저 오나라군에게 죽고 말았습니다.

이 소식을 들은 유비는 신하들이 말리는데도 불구하고 관우를 죽인 오나라를 혼내 주고 형주를 되찾으려 했습니다. 대군을 이끌고 나선 유비는 오나라 군대와 이릉에서 싸웠지만, 관우의 원수를 갚겠다는 마음만 앞선 나머지 그만 크게 지고 백제성으로 도망칠 수밖에 없었습니다. 이것이 바로 이릉대전입니다.

이릉대전에서 촉나라가 형주를 잃으면서 힘을 겨루던 세 나라는 더 이상 균형을 이룰 수 없었습니다. 그뿐 아니라 관우·장비를 잃은 슬픔과 형주를 되찾지 못한 안타까움에 괴로워하던 유비는 병을 얻어 그만 세상을 떠났습니다.

4권 인물 관계도

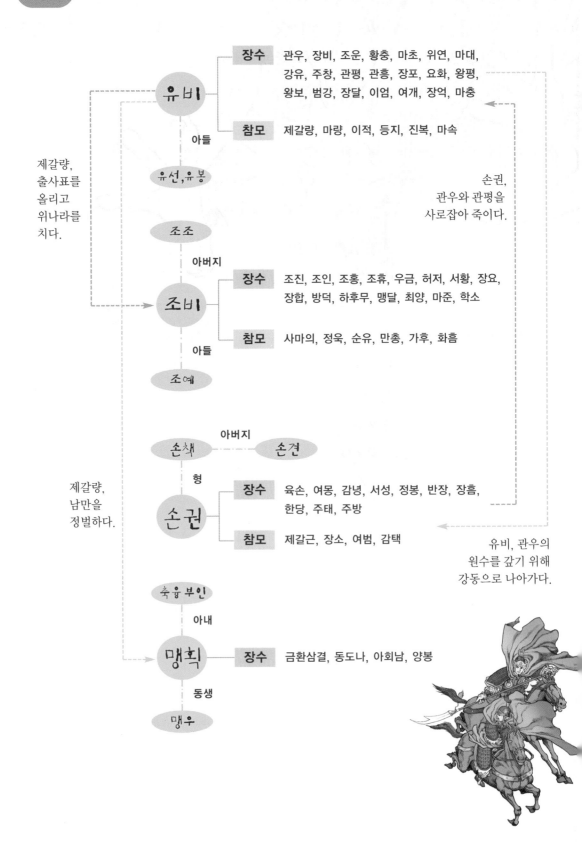

유비

장수 관우, 장비, 조운, 황충, 마초, 위연, 마대, 강유, 주창, 관평, 관흥, 장포, 요화, 왕평, 왕보, 범강, 장달, 이엄, 여개, 장억, 마충

참모 제갈량, 마량, 이적, 등지, 진복, 마속

아들

유선, 유봉

조조

아버지

조비

장수 조진, 조인, 조홍, 조휴, 우금, 허저, 서황, 장요, 장합, 방덕, 하후무, 맹달, 최양, 마준, 학소

참모 사마의, 정욱, 순유, 만총, 가후, 화흠

아들

조예

제갈량, 출사표를 올리고 위나라를 치다.

손권, 관우와 관평을 사로잡아 죽이다.

손책 ······ 아버지 ······ 손견

형

손권

장수 육손, 여몽, 감녕, 서성, 정봉, 반장, 장흠, 한당, 주태, 주방

참모 제갈근, 장소, 여범, 감택

제갈량, 남만을 정벌하다.

유비, 관우의 원수를 갚기 위해 강동으로 나아가다.

축융부인

아내

맹획 장수 금환삼결, 동도나, 아회남, 양봉

동생

맹우

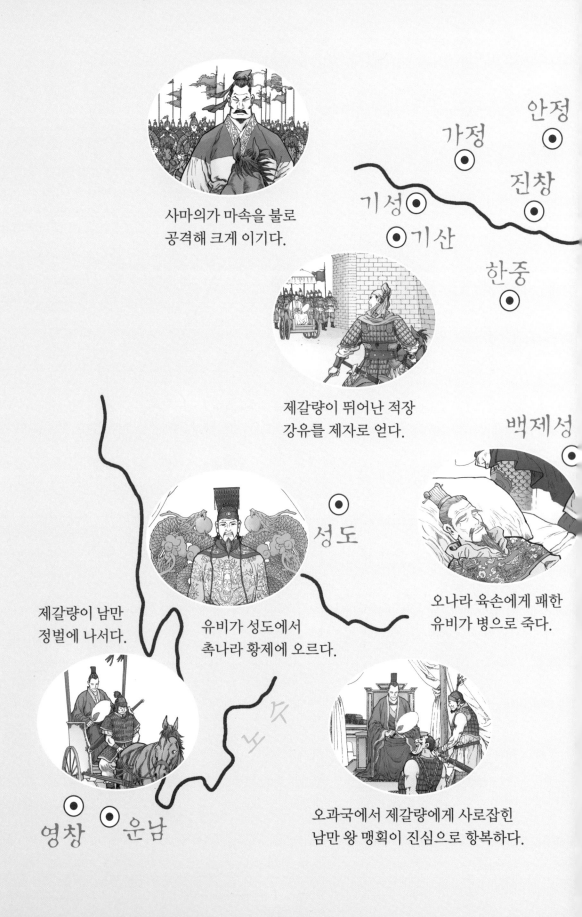

사마의가 마속을 불로
공격해 크게 이기다.

안정

가정

진창

기성 기산

한중

제갈량이 뛰어난 적장
강유를 제자로 얻다.

백제성

성도

유비가 성도에서
촉나라 황제에 오르다.

오나라 육손에게 패한
유비가 병으로 죽다.

제갈량이 남만
정벌에 나서다.

영창 운남

오과국에서 제갈량에게 사로잡힌
남만 왕 맹획이 진심으로 항복하다.

조조가 낙양에서
병으로 죽다.

조비가 한나라 헌제를 내쫓고
위나라 황제가 되다.

황 하

◉
낙양

◉장안

◉
허도

◉
번성

손권이 위나라 황제
조비 밑으로 들어가
오왕이 되다.

◉
남서
◉
건업

장 강

관우가 위나라 장수
우금과 방덕을 사로잡다.

이릉 맥성
◉ ◉

◉
강릉

◉
번구

유비가 관우, 장비의 원수를
갚기 위해 오나라를 공격하다
육손에게 크게 지다.

제 4 권의 무대

위

촉   오

원작 | **나관중**
중국 14세기 원나라 말에서 명나라 초에 활동했던 소설가입니다. 1364년에 살았다는 기록은 있지만 구체적으로 어떻게 살았는지는 거의 전해져 오지 않습니다. 《삼국지》 등의 소설을 썼고, 여러 희곡을 쓰기도 했습니다.

글쓴이 | **김민수**
전라북도 순창에서 태어나 중앙대학교 문예창작학과를 졸업하고, 같은 학교 대학원에서 문학박사 학위를 받았습니다. 그동안 문학 평론과 《장준하》 등 어린이를 위한 책을 써 왔습니다. 현재 중앙대학교에서 겸임교수로 문학을 강의하고 있습니다.

그린이 | **이현세**
1982년 《공포의 외인구단》으로 '이현세 붐'을 일으킨 우리나라 만화계의 거장입니다. 《지옥의 링》 《남벌》 《아마게돈》 《천국의 신화》 등 많은 대작을 그렸습니다. 최근에는 《만화 한국사 바로 보기》 《만화 세계사 넓게 보기》 등으로 어린이 학습 만화의 새 지평을 열었습니다. 현재 세종대학교 영상만화학과 교수로 학생들을 가르치고 있습니다.

처음으로 만나는 삼국지 4

셋으로 나누어진 나라

1판 1쇄 발행일 2009년 7월 20일
1판 23쇄 발행일 2024년 4월 25일
글쓴이 | 김민수
그린이 | 이현세
펴낸이 | 강경태
펴낸곳 | 녹색지팡이&프레스(주)
등록번호 | 제16-3459호
제조국 | 대한민국
대상연령 | 8세 이상
주 소 | 서울시 강남구 테헤란로86길 14 윤천빌딩 6층 (우)06179
전 화 | (02)3450-4151 팩 스 | (02)3450-4010

Illustration copyright ⓒ 이현세, 2009

ISBN 978-89-94780-07-8 64820
ISBN 978-89-94780-09-2 64820(세트)